せつない時間

藤堂志津子

幻冬舎文庫

せつない時間

目次

空からの手紙

硬く、冴えざえとした青空だった。

それでいて、地上は「真冬日」の寒さで、歩くたびに、キシキシと雪鳴りがする。

澄みきった空の青さも、凍てついた大気も、「雪まつり」には、恰好の天候だった。

たくさんの雪像が、青空を背景にして、よりくっきりとその輪郭を浮かびあがらせる。像にきざまれた、いくつもの線と、その陰翳も、明るく晴れわたった空の下でこそ、こまかく楽しむことができる。

「真冬日」の鋭く引きしまった寒気は、雪像を、それがつくられた状態のままに保つ。暖かさのために、せっかくの雪の彫刻が、無残にくずれ、汚れてしまう場合も少なくなかった。

「真冬日」というのは、一日中の最高気温が零度未満の日のことをいう。

これは北海道にしかない言い方なのかどうか、札幌にうまれ、そのまま二十五歳のきょうまで、この街からはなれて暮らした経験のない礼美にはわからない。札幌では、ひと冬に、この「真冬日」は五十日ぐらいある。

「さっぽろ雪まつり」の大通り会場を、西に向かって四丁目、五丁目と、雪像を眺めながら進んでゆくうちに、早坂登がひとり言のようにつぶやいた。

「思い出してきた。雪の上にできる影は、黒じゃなくて、青い色だったんだ……」

礼美は気が重かった。

おとといの金曜日の夜、東京にいる早坂から電話がかかってきて、あすの最終便で千歳に着く、二月六日からの「さっぽろ雪まつり」の初日をぜひとも見たい、と言われたときから、気持は沈んでいた。

一日のばしにしていた手紙のことが、今になってくやまれた。

手紙には、この五年間の交際を終りにしたい、そう書くつもりだった。

礼美が早坂との別れを心に決めたのは、昨年の秋の頃で、時田修二から結婚をほのめかされたからである。

結婚相手としてふたりをくらべるなら、その条件は、時田のほうが、はるかにまさっていた。

時田は資産家の次男で、すでに結婚するときのために親から3LDKのマンションを買い与えられ、現在は、いわば「修行の身」として、とある建材会社に勤務しているが、いずれは父親が経営する会社のひとつを受けつぐ予定だった。

早坂には、こうしたものは、まったくない。幼い時分に父親を亡くし、母親もまた彼が高校生のうちに他界している。

財力の面ばかりではなかった。時田と結婚したなら、礼美は、実家のある、住みなれたこの札幌にいつづけることができるだろう。

だが早坂は、転勤の多い保険会社に勤めている。大学を卒業してからの四年間で、すでに大阪本社から東京の支社へ移ってもいる。

彼も時田も北海道大学の出身だった。年齢も同じ二十八歳であるけれど、同期生ではない。時田は札幌南高校からストレートに進学し、東京にうまれ育った早坂は、札幌にくるまで二年の浪人生活を送っていた。

「やっぱり札幌は寒いな」

暖房のきいた喫茶店に入ってしばらくしても、早坂はトレンチ・コートのわきポケットに両手を入れ、体を小刻(こきざ)みにふるわせつづけた。

「雪まつり」大通り会場をひと通り見てから、こごえきった体を暖めるために、近くにあったその店に入ったのである。

早坂はホット・ミルクを、礼美はコーヒーを注文した。

彼の白っぽいトレンチ・コートは、雪の街にあって、いかにも寒そうだった。材質もそう上等な品ではないと、ひと目でわかる。さらに、その下の紺色の背広上下は、通勤着そのものので、少なくとも「雪まつり」にやってくる防寒を考慮したスタイルではない。

会社業務を終えて、そのまま最終便に駈(か)けつけたという事情はあるにしろ、まったくT・P・Oを無視したそのいでたちに、礼美は冷ややかなまなざしをそそぐ。

その視線に気がついたらしい早坂は、気弱に口もとをほつらせながら言った。

「サラリーマンになっても、相変らずの貧乏暮らしでね。まあ、学生時代よりは、多少ましな生活ではあるけれど、毎月、叔父に借金を返済しているから、いつも金に追われているよ」

早坂は、母親を亡くしたあと、東京の叔父の家に引き取られた。

わがままをどうにか聞き入れてもらった二年間の浪人生活、大学進学の費用と生活費は、叔父からの借金でまかなわれた。もちろん、浪人中も、大学生になってからもアルバイトはいくつもしたけれど、不足分は叔父から借りていた。

借金の総額はどのくらいなのか、礼美は知らない。何年間のうちに返済する約束なのかもたずねたことはない。

かつて、学生の早坂が礼美の弟の家庭教師として、家にきていた頃、それとなくきいてみたりもしたが、そのたびに、早坂は、なぜか笑顔になり、冗談めかして答えたものだった。

「礼美ちゃんには想像もつかない数字だよ。なんせ、叔父の家に居候(いそうろう)になった高校生のときからの、月々の食費の分まで支払わなくちゃならないのだから」

その笑顔は、つらさや暗い過去を、必死で追い払おうとしているひとつの装い(よそおい)のようにも見えた。

早坂の、若くして体験してきた金銭的な、また人間関係の苦労と、それを何ほどのことでもないと笑いとばそうとする明るく前向きな姿勢は、礼美に尊敬とも同情ともつかない感情をもたらせた。

一方、早坂は、自分とは全然違う、恵まれた環境の中で、ゆったりと育っていた礼美の、どこか世間知らずの性格に、ある種の安らぎを見出しているようであった。

それが五年前である。礼美は私立藤(ふじ)女子大学の学生だった。

一年後、早坂は卒業し、札幌からはなれた。

この五年間、いや正確には時田と知り合うまでの四年間、礼美には迷いがなかった。

いずれ早坂と結婚する、そう思い決めていた。

大学を卒業する半年前、まだ大阪勤務であった早坂に電話をし、そちらで就職したいという気持を伝えた。それは当然、結婚を前提にした言葉で、共働きをし、早坂の借金返済の手助けをするつもりでいた。

礼美の母親は大反対をしたが、そのときの礼美は、親が何と言おうとも、大阪へ行こうと気負（きお）いこんでいたのだった。早坂と会えなくなってから一年半がすぎてもいた。

だが、礼美の心の勢いとはうらはらに、早坂の返事はそっけなかった。弾（はず）みきっていた礼美には、そう感じられた。

「礼美ちゃんに、苦労はさせたくないんだ。きれいにかたがついてから、ぼくのところにきてくれ。そのほうが、おたがいに幸せだ」

早坂は、借金返済のめどが一体いつ頃つくのか、具体的な期限にはふれなかった。

借金の話は彼にとって、口にもしたくない苦痛らしいとうすうす察知しはじめていた礼美は、それ以上の追及はためらわれた。

単なる金銭の問題だけではなく、借金、のひと言には、彼が振り返りたくもない、人間関係のこみ入ったもつれが伴（ともな）っているらしかった。

大学を卒業した礼美は、札幌で就職した。東京に本社のある商事会社である。その取引き先のひとつの会社に時田がいた。

注文したホット・ミルクとコーヒーが運ばれてきた。

早坂は、寒さでかじかんだ両手でそのカップを包み取る。

背をまるめ、その口をカップへと持ってゆく姿は、妙に老（ふ）けこんで見えた。快活にふるまっている言動の、その裏側に秘めている、けっして消化しきれない暗さにも感じられた。

時田も明朗な性格だった。しかし、交際がはじまってから、きょうまでの約一年、その明るさのかげにひそむものの気配など、ちらりとも見せられてはいない。装うことなく、彼は根っから陽気で、ほがらかな男だった。

容姿も時田のほうが、はるかに見ばえがした。

礼美は、ふたたび冷ややかな目で、早坂を眺めている自分を知り、いそいで、目の力を抜こうとこころみる。

けれど、時田とかかわってしまった今、否応なく見えてしまう早坂がいた。

中肉中背の、ごく平凡な外見を持つ男だった。

独身なのに、どこかしら世帯じみた雰囲気がある。

服装のセンスも、時田とは比較にならないほどに野暮ったい。

ただ、目にこもる力強く、知力にあふれた光だけは、やや時田より、深いものがある。

ホット・ミルクを半分ほど飲み終えた早坂は、ようやく体がぬくまってきたらしかった。

ほっとしたため息をついて、カップをテーブルにもどす。

「じつはね、礼美ちゃん、おわびしなければならないんだ。ほら、叔父の借金の件だけれど、なかなか返済終了のめどが立たなくて」

一瞬、礼美は身がまえた。

もはや、かつての自分はいなかった。早坂の借金を共有しようなどという気持は失せている。

早坂はおだやかな表情でつづけた。

「どうだろう？　君をさんざん待たせておいた挙句に、こういうことを言うのは、あまりにも無責任すぎるけれど、ぼくたちのこと、白紙にもどしてはもらえないだろうか」

礼美の両肩のりきみが、だらしなく一挙にゆるんでいった。

「ずいぶんと身勝手な言いぶんとは思うけれど、礼美ちゃんも二十五歳になって、結婚へのあせりとかもあるだろうし、ぼくのほうの都合で引きとめておくのも……本当に申し訳ない……」

礼美は、とっさの返答に窮した。

待っていたとばかりに、はい、と即答するのも、早坂を傷つけそうだし、またここであいまいな態度をとったなら、彼に余計な期待をいだかせてしまうかもしれなかった。

だが別の考えもひらめいた。

早坂にはだれか好きな女でもできたのではないか。その考えは、むしろ、礼美の気持を軽くした。

ポシェットを手に、礼美は立ちあがった。

「ごめんなさい。ちょっとトイレに」

せまい個室の手洗いの前に立ち、礼美は鏡の中の自分とむきあった。

安堵感がゆっくりとこみあげてくる。瞳につかのまの輝きが宿り、唇が徐々に笑みの形にほぐれだす。

これで、ようやく、この長い髪を、時田の好み通りにショート・ヘアに変えられる。

パーマっけのない、背中の半分までできているその髪は、早坂のお気に入りだった。就職して札幌を発つときも、彼はくり返し念を押した。

「お願いだから、そのヘアスタイルだけはそのままにしておいてほしい」

時田は、結婚をほのめかしはじめた秋頃から、しきりと、礼美にボーイッシュな髪型にするようすすめてきた。

「君の顔はきれいな卵形だから、きっと短くしたほうが似合うと思うな。そのツンとがった形の良い顎の線が、もっとチャーミングに引き立つよ」

礼美はポシェットからコンパクトを取り出し、パフで顔のあちこちを押さえる。ピンクの口紅を塗りなおす。

早坂は今夜の最終便で東京に帰ると言っていた。それまでのあと数時間、心地よくすごさせてやりたい。この五年間の最後の一日を、楽しい思い出でしめくくりたくもあった。

手洗いをあとにし、テーブル席にもどった礼美は、早坂にほほえむ。

「わかったわ。これまでのこと白紙にもどしましょう」

早坂のまなざしが、かすかに揺れた。何かに耐えるように、その目が、ほんのわずか細くなる。

が、次の瞬間、彼も微笑を浮かべていた。

「ありがとう。……ようやく、礼美ちゃんらしくなった。いや、その笑顔だ。きょうぼくと会ってから、いっぺんも笑顔を見せなかったから」

喫茶店を出たふたりは、もういちど「雪まつり」会場を、今度は四丁目、三丁目とテレビ塔のある東の方角に進んで行った。

寒さにふるえながらも、早坂がどうしても、もっとじっくりと見たいと言うのである。

「この先、いつこれるか、この雪像たちを目に灼きつけておきたくてね」

先刻の青空は少しずつ茜色を溶けこませはじめていた。

気温もさがってきたらしく、礼美の、コーデュロイのストレートパンツをはいた肢にも、寒気の鋭さが刺さってくる。スニーカーの足もとからは、歩くたびに雪鳴りのギシギシという音が、やはり、さっきよりもいっそう固いきしみをひびかせた。

スタンド・カラーのピンクのダウン・ジャケットの前ファスナーを、顎の間近までいっぱいに引きあげながら、礼美は心の重みをとかれた明るさでたずねた。

「よく航空券が取れたのね。急に思い立ってきたのにしては。雪まつり期間の前後は、航空券の予約は全然取れないらしいのに。札幌のホテルもどこも満室らしいわ」

「会社の先輩が、航空券もホテルも予約しておいたのを、親類に不幸があって、それでゆずってもらったんだ」

もう少したって暮れどきになると、大通り会場は、イルミネーションがいっせいにあかりをともす。

華やかで、ロマンチックで、札幌市民でさえ、思わず嘆息をもらす夢のような空間がうまれ出る。

イルミネーションのかずは、年々ふえ、さらに飾りつけも、そのつど凝ったものになり、「さっぽろ雪まつり」は、異常暖気や雨に見まわれないかぎり、まさしくメルヘンの世界だった。

真駒内会場もあり、ここは子供たちが胸をときめかす乗り物やアトラクション、そして、もちろん雪像もある。

歓楽街、薄野の会場には、市内のホテルや飲食店のコック、調理師が腕を競い合った氷像がずらりと並び、これもまた夜の色のなかで見ると、色さまざまなネオン・サインを吸い取った氷の像が、冷淡の美、とでも言いたいような毅然としたたたずまいを示している。

「イルミネーションだけは見て帰りたいな。なつかしくもあるし」

「ええ、そうして」

「ところで洋二君は元気？」

「ええ、相変らずよ。数日前からニセコにスキーにでかけたわ」

洋二は五つ違いの礼美の弟である。現在は札幌の私立大学の学生だが、いまだに、ときおり早坂の名前をなつかしそうに口にする。

「早坂さんみたいなひとを兄貴にほしかったなあ」

礼美が早坂と別れたと知ったなら、両親はほっと胸を撫でおろすだろう。だが洋二は、落胆するに違いない。

陽ざしが次第にかげってきた。

礼美は、大通り公園のイルミネーションを見おろせる、ビルの二階のパーラーに早坂を誘った。大通りに面した壁が一面の透明ガラスになっているのである。軽い食事のメニューもあった。

「どうしても雪まつりを見たかったのはね、最近、妙におふくろが夢に現われるからなんだ。今、生きていたら、そうだなあ、五十代の後半になっている」

「雪まつりに何か関係があるの」

ガラス壁を横にしたそのテーブルには、スパゲティが置かれ、ふたりはフォークを手にしていた。数種類のきのこの入ったソースがかけられた和風味である。

「おふくろとおやじが知り合ったのは、この雪まつり会場、正確には、雪像づくりのときだったんだ」

「さっぽろ雪まつり」の第一回目は、一九五〇（昭和二十五）年である。

現在は、高さ数メートルもある大きな雪像は、もっぱら自衛隊のひとびとによってこしらえられているが、最初の頃は、市内の各中高校の生徒の競作による雪像芸術展であり、「ミロのヴィーナス」とか「平和像」、「スフィンクス」など、雪の彫刻と呼ぶにふさわしい題材が選ばれていたという。

昭和二十六年の第二回の雪まつりには、藤女子高の美術部約三十名が参加し、ヴィーナスの顔の制作にあたった。

藤女子高では、第一回雪まつりが開催された同じ年の冬に、校内雪像コンクールを開いた。学級単位で出来ばえを競い、そのコンクールで一位になったヴィーナスの顔を、第二回さっぽろ雪まつりに出品することにし、その制作に、三年生の美術部員がかり出された。

「おふくろは、その美術部のひとりとして参加したんだ」

早坂の父親も、第二回目の雪像づくりに参加した高校生だった。北海（ほっかい）高校の三年生で、「平和」と題する像を制作したチームにいた。

早坂の父と母は「さっぽろ雪まつり」で知りあい、交際をはじめたが、ひと月もたたずに、早坂の父は、東京の大学に進学した。

二人は手紙のやりとりを一年したのち、早坂の母が家出同然のかたちで東京へ出ていき、デパート勤めをしながら、同棲（どうせい）した。

「おやじが卒業してすぐに入籍したらしいけれど、式は挙げなかったんだ。くわしいいきさつは知らないけれど、とにかく、おやじとおふくろのどちらの親も結婚に反対したらしい」

子供心にも仲の良い夫婦だった、と早坂はつづけた。彼は夫婦が三十歳になってようやくできた子供だった。

しかし、早坂が小学五年の冬に、父親は病気で亡くなり、高校二年の、やはり冬に、母親も長い入院生活の末に鬼籍に入った。

「礼美ちゃん、これ、もらってくれないかな」

早坂はコートのポケットから、白い小箱を取りだした。ふたをあけると、直径三センチほどのブローチが入っていた。

雪の結晶を象ったいぶし銀の台、その真ん中には小粒のダイヤのような石、六角形にのびている触手のようなところに、いくつかの赤い石がのっている愛らしいデザインだった。

「おふくろの形見なんだ。いや、おやじとおふくろの、と言うべきかな」

赤い石はルビーで、中央の一粒はダイヤだと早坂は説明した。

貧しい新婚生活の中で、早坂の父が、その費用をどう工面したのか、母親にこれをプレゼントしたのだという。

雪の結晶は、ふたりの出会いの記念のつもりらしい。

結婚指輪などもったいないと言い張る妻に、これはそのかわりだ、と言って、ある日夫はいきなりそのブローチをさしだした。指輪なら、指のサイズがわからない。しかも、妻は、もったいないと言って拒否しつづける。ブローチなら、サイズを測る必要もない。

早坂の母は、そういった話を息子に打ち明けながら、「あのときはびっくりしたけれど、本当にうれしかった」、「お父さんは自分の早い死を予感していたのかしら。だから、どうしてもこういう記念の品を私に残しておきたかったのかしら」、そう病院のベッドの上で語ったりもした。

ブローチを売って少しでも叔父の借金返済のたしに、とは、早坂はまったく考えなかった。

枝を連想させる。

礼美はそのブローチを自分の掌に載せて見つめ入る。

なるほど六角形にのびている、その一本ずつが、さらに小さく枝分かれして、まさしく樹

それは「星状結晶・樹枝状型」と名づけられていた。

「このブローチの形、調べてみたんだよ」

「中谷宇吉郎（なかやうきちろう）という雪結晶を人工的に作ることに成功した人がいてね、その人が書いた〝雪〟という本に、こういう一節があるんだ。〝雪は天から送られた手紙である〟」

礼美はブローチをそっと箱にもどす。

「早坂さんにとって、これは大切な品よ。私がいただくわけにはいかないわ」

「男のぼくが持っていてもしょうがない」

「いずれ結婚する方にプレゼントするのがいちばんよ」

早坂は苦笑した。

「そういう見こみは、まるでなしだ。なにしろ借金返済がある」

「でも……」

「こう考えてもらえないかな。これは、この五年間のお礼だ。五年間、ぼくは礼美ちゃんにブローチどころか、なんにもしてあげられなかった。本当にビンボーな恋人だった」

それを不満に思ったことは、一回もなかった。

礼美は、ひたむきに生きてゆこうとする早坂の姿勢と、そこから実感を持ってこぼれ落ちてくる素朴な言葉のひとつずつを、自分の心を豊かにしてくれる「プレゼント」のように受けとめていた。

「とにかく黙って受け取ってもらいたい。さっきの言葉じゃないけれど、天から送られた手紙と思って」

早坂がふいに声を途切らせ、ガラス壁の外へ驚きの目をそそぐ。

大通り公園のイルミネーションが、いっせいに輝き出したのだった。

「きれいだ……見事だな……。おやじもおふくろも東京で死んだけれど、きっと魂は故郷の札幌に帰ってきて、今も天上から、これを見おろしているのじゃないだろうか」

ひとり言のように、早坂は真顔でつぶやいた。

その横顔に、濃い淋しさがにじんでいるのを見て、礼美はつらさをおぼえる。

彼が二浪をしてまでも、叔父から借金をしてまでも、北海道大学にきたかったのは、ここが亡き両親のふるさとだから、そう五年前に聞かされたときの感動が、あざやかによみがえってくる。大学時代の四年間、冬になるたびに早坂は必ず一回は言っていた。

「札幌にきて、初めての冬を迎えたときは、ああ、おやじたちは、こういう景色の中で育ち、そして出会ったんだとようやく実感できたよ」

早坂はイルミネーションに食い入るように眺め入り、身じろぎもしない。

食べかけのスパゲティは、すっかり冷たくなってしまっている。

やがて、しばらくたってから、ふたりはパーラーを出て、千歳空港行きのバス停留場へ歩きはじめた。

ＪＲで行ったなら三十分で着く、と礼美はそうするようにすすめたが、早坂は、北海道の風景を、たとえ夜の闇にまぎれて薄ぼんやりとしか目にできなくとも、ゆっくりと楽しみたいから、とバスにした。夏なら高速を通って一時間の距離だが、冬は雪道の渋滞などで、一時間半ぐらいかかる。

停留場にたどり着く。

ほどなくバスがやってきた。

「じゃあ、元気で」

言いながら、早坂はすばやくコートのポケットの中から小箱を抜き取り、礼美の手に押しつけた。

「あ、待って」

礼美がそれを返そうとしたとき、すでに早坂はバスに乗ってしまっていた。

「さっぽろ雪まつり」は、毎年、一週間ほど開催される。

初日に早坂がやってきて、そして帰って行ってからの一週間、礼美は会社と自宅を往復する毎日にあけくれた。

時田からデートの誘いの電話があったけれど、風邪(かぜ)気味の嘘を言って断わった。

髪をショート・ヘアにしようと考えた気持も、いまひとつ実行に移せないでいる。

自室の机のすみに置いたブローチの小箱が、つねに頭からはなれない。

早坂の両親の思いが、そこに、たっぷりとこもっていて、自分の行動を逐一(ちくいち)、観察されているような気がする。

このブローチを自分にプレゼントするぐらいなのだから、早坂に新しい恋人ができたとは考えられなかった。

礼美は自分の感情がわからなくなっていた。時田を本当に心から好きなのかどうか。早坂と別れたいと願ったのは、彼が結婚相手として、財力的に不十分だからではなかったのか。特に時田と知り合って、そのことを痛感したためなのかもしれない。

時田と一緒にいるひとときは、いつも明るく、豪華で、きらびやかな雰囲気に、ただひたすら酔いしれている。

早坂には、そうしたものは皆無（かいむ）である。そこにあるのは、語らい、だけであるけれど、時田からは味わえない、何か、こまやかで、心ぬくませるものがある。しんみりと語りあい、うなずきあう。もしかすると、それは、哀（かな）しみ、かもしれない。

生きていること、そのものへの深いところで味わう哀しみの共鳴。

「さっぽろ雪まつり」は終った。

礼美は、とにかく、このブローチだけは、早坂に返そうと決めた。

その夜、包装用具をそろえ、最後の別れを告げるように、ブローチを掌に載せて眺めていると、自室のドアがノックされた。

「姉貴、ちょっといいかな」

礼美の返事を待たずに洋二はドアを開けて入ってきた。いつも注意しているのに、いっこうにそのマナーを守らない。自分への甘えだとはわかっていても、着換えの途中の場合もあるではないか、そう何回となくたしなめても効き目がなかった。

「あれ、きれいだな、それ。どうしたの」

「いただきものよ。でも、お返しするの」

「なぜ。すてきじゃないか」

言うなり、洋二はブローチをつまみあげ、礼美の白いブラウスの襟（えり）もとに持ってゆく。

「うん、なかなかいい。似合うよ。でも、これ時田さんからのプレゼントじゃないな」

「どうして」

「だって、時田さんが買ってくれたスカーフとかイヤリングとか、はっきり言って、姉貴のイメージじゃないもの。これ見よがしな派手なデザインばっかり」

洋二はベッドのはしに腰をおろす。

「おれ、スキーにいっていて、よく知らないんだけれど、雪まつりに早坂さん、札幌にこなかった？」

「なぜ？」

「いや。なんとなくそんな気がしただけ」

礼美は、一瞬、返答に迷う。早坂になつき、尊敬していた洋二にだけは、ありのままを伝えておこうか。

礼美の迷いを、洋二はすぐさま見抜いた。

「あ、やっぱりきたんだね」

「やっぱり？　洋ちゃんは、早坂さんがくることをわかっていたの」

洋二は、しまった、というふうに口もとに手を当てたが、それは芝居じみた仕草だった。

「早坂さんに口どめされているのだけれど……」

洋二は、これまでにも月に一、二回は、早坂に電話をかけていた。何年間も、ずっとつづいていたことだった。

早坂を慕う洋二には、礼美と時田との交際は、不愉快のひと言につき、何回か会った時田の印象は、さらにその気持を強くさせた。

早坂に、電話で時田の存在を告げた。

早坂はしばらく無言でいたが、そのうち短く言った。「礼美ちゃんは、そのほうが幸せだと思うよ」

予想外の反応に洋二はうろたえたが、早坂の決意は変らなかった。

礼美の心の負担を考え、早坂は自分から別れを切りだす、その機会はできれば「雪まつり」にしたい、こうしたやりとりは、昨年の十一月にかわされていたという。つまり早坂は航空券の手配を早いうちにしておいたのだった。洋二は何回となく早坂を思いとどまらせようとしたが、「これ以上みじめになりたくないよ」とはぐらかされてばかりいた。

「でもさ、姉貴、早坂さん、相当に頑張ったらしくて、ほら、叔父さんの借金、三年後には終るらしいよ。貯金は一円もないと笑っていたけれど」

礼美は手にしていたブローチを襟もとにつけた。早坂に会いに行こうとためらいなく決めていた。

あの頃

十月の末、私はふたたび従兄弟の澄哉の家の居候になった。

それまでの一年間、厄介になっていた女友だちに恋人ができ、アパートからでていってはもらえないかとほのめかされた明くる日、私は澄哉に電話をかけて了解をえた。

「かまわないよ。ただ、こっちの顔ぶれが少し変わってしまったけれど」

澄哉は建築学を専攻する大学院の一年生で、私と同じ二十三歳だった。

大学二年のときに、同じ学生である友人ふたりと古い平屋の一軒家を借りて住み、いまだにいつづけている。

古い、というのはひかえめな表現で、実際のところは、あばら屋に近かった。

前庭も門塀もなく、いきなり道路に面して玄関がある。くもりガラスのはめこまれた引き戸を開け、靴をぬいであがると、あとは板張りの廊下がまっすぐ奥にのびている。陽当りは、まったく悪い。

間口のせまい、縦長のその家は、台所と洗面所、浴室をのぞくと、部屋かずは大小あわせて七つあり、しかし、家賃はびっくりするぐらい安かった。

雨もりはしないにせよ、家屋がすさまじいくらいに老朽化していたのに加えて、そのあたりは快適な住環境とは、よほどかけはなれていたからだ。

この家以外には人家は見当らず、まわりはすべて年数のたった、こぶりな雑居ビルでしめられていた。ビルに事務所をかまえているのは、食品コンサルタントとか中国友好の集い、そして、あまり聞いたこともない化粧品会社などである。そのため夜の九時もすぎると路上の電柱のあかりを残して、あたりいったいは真っ暗になってしまう。

そういった、どことなくうらぶれたビルにまじって、なぜ、その家だけが取り壊されずにいるのか、私はずっと不思議だった。しかし、澄哉もそのへんの事情は知らないらしい。

家賃は銀行振り込みではなく、毎月の末日、大家である七十すぎの男性がわざわざ取りにやってくる。サンダルばきに、セーターやチョッキといった軽装からすると、近くに住んでいるのだろう。

「愛想はいいんだけれど、ちょっと偏屈な感じがする」

と澄哉は言っていたけれど、その偏屈さと、あばら屋をがんとして固守していることには関連があるのかもしれない。

家賃は同居している三人で等分するものの、私生活にはたがいに、いっさい口出しをしないという協定が結ばれていた。

だが、私の見たかぎりでは、澄哉がもっとも、わがもの顔に振るまい、ほかのふたりに遠慮をしなかった。

最初にこの借家を見つけてきたのは彼であったし、家主との交渉や話しあいも、彼が一手に引き受けたことが、のちのちまで心理的な上下関係をつけてしまったらしい。

だが、そのおかげで私は好きなときに、この家に澄哉を頼ってころがりこむことができた。

女友だちに恋人ができたと聞かされ、私はアパートの部屋を借りようと考えないわけでもなかった。

知りあいの所を転々とし、パート先もめまぐるしく移り、どこにもゆくあてがなくなると澄哉の居候になる、短大を卒業してからのこの三年間、私はこれをくり返していた。

澄哉の父と私の父は兄弟だった。学年の同じ私たちは、通う学校こそ違っても、まるできょうだいみたいに育ってきた。

女友だちのアパートから一年ぶりに古い平屋の家にもどってきた私は、玄関の呼び鈴の音を聞きつけてあらわれた初対面のふたりに迎えられ、いささかとまどった。澄哉からくわしい説明はされていないため、どう対応していいのかわからない。澄哉は留守だった。

この春からの新しい同居人だという金井礼一（かないれいいち）になら、まだ対処（たいしょ）の仕様（しよう）もある。彼は澄哉の大学の後輩で、文学部に在籍する大学三年生だった。ほっそりとした体型と、整った目鼻立ち。見とれるぐらいに、きれいだった。

困惑したのは、「澄哉とつきあっている……」と称した相沢弥生に、である。

ふくよかな体つきに、満月を連想させる顔、美青年の礼一と並ぶと、気の毒なくらい、その容貌は見劣りがした。ひらべったい顔の造作で、どこといって特長がない。

しかし、問題なのは外見ではなく、澄哉との関係の程度だった。

この家で私を出迎えてくれるぐらいだから、当然、澄哉と体のかかわりはあるのだろう。自分は彼の恋人だとも思いこんでいるに違いない。

けれど澄哉にはたくさんの恋人がいた。「私こそは彼の彼女」そう言いきってはばからない女性たちが、私の知っていた範囲でも、両手にかぞえきれない。彼の女性関係はつねに複数、しかも同時進行だった。彼はどの女性にも、それなりの好意をいだいてはいたが、だれにも執着していなかった。

そういう内実を熟知している私は、弥生と澄哉の親しさの度合を確かめなくては、うかつに笑顔も見せられない。

澄哉がこれまでになく、しんそこから彼女に惹かれているのなら、警戒なしに心が許せる。

しかし、この家を訪ねたり泊っていったりした大半の女性たちがそうだったように、弥生も単に「押しかけ恋人」なら、必要以上に打ちとけるのは禁物だった。

一回だけ苦い経験がある。やはりこの家に居候していた一昨年の夏、澄哉の彼女のひとりととても気があい、何くれとなく相談に乗ったりもした。当時、彼がつきあっている女性は五人いたけれど、いちばんの器量よしだった。けれど、例によって澄哉はひと月とたたないうちに彼女に飽きた。居留守を使いはじめた。彼女は私に泣きつき、取りなしてほしいと懇願したが、私にはできなかった。彼がいったん相手の女性に無関心になったなら、どんな手段にうったえても見むきもしないことを知っていたからである。友だちだと信じていたのに、と私はあとあとまで、その女性に恨まれた。

だから、澄哉の口から彼女をどう思っているかを聞くまでは、弥生にも親しげな態度はできないのだった。

玄関先で、私がさげていたスーツケースを受け取った礼一は、緊張した面持ちで言った。

「お待ちしていました」

それとは対照的に、弥生はにこにこしながらも、いきなりくだけた、というより、ぞんざいな口調をあびせかけてきた。

「喉、かわいてない？　お茶の用意してあるからさ。きょうは、うちの会社が休みだから、ちょうどよかったんだ。午前中にきて掃除しといたからね、マリさんの使う六畳の部屋。マりさんって、私より三つ上なんだってね。同じぐらいに見えるけどなあ」

赤いポロシャツの胸をつきあげているそこは、まるで品種改良された特大のリンゴをふたつ並べたようだった。

居候のたびに使っている六畳の和室に入ってゆくと、澄哉の所から借りてきたらしい小さなテーブルが置かれ、その卓の上を見るなり、私はとっさにたずねていた。

「ほかにお客さまでも？」

そのくらいテーブルには盛りだくさんのケーキやクッキー、果物、数種類の袋入りのスナック菓子が所せましとひしめいていた。本当に、山盛り、という感じだった。

私の質問に、礼一と弥生は不可解そうに目線をかわし、まず、彼がどことなくおびえたまなざしで答えた。

「いえ、マリさんだけですけれど……澄哉さんがマリさんのことを、きょうだいも同然、と言っていたので、大切におもてなしをしなくてはと考えて……」

弥生は、私の早とちりを、あっけらかんと大口を開けて笑った。

「ヤーだあ、ほかにお客だなんてさ。このケーキも梨も柿も、さっき礼ちゃんと一緒に買ってきたばっかり。礼ちゃんと迷っちゃったよ。だって、マリさんは何が好きなのか、ぜんぜん知らないんだもん。さ、とにかく、おなかがすいたから食べようよ」

身をくねらせて弥生が高笑いしたとき、タイトスカートのわき腹の贅肉が、ぷるるとふるえるのを、私は目にとめた。

礼一はそんな弥生の二分の一の細さだった。

その夜、澄哉は、私からふたりの歓待ぶりを聞くと小気味よい笑い声を立てた。

「あいつら、奇妙な組みあわせだろう？」

ひとしきり笑ってから彼は口もとに酷薄さの漂う皮肉っぽいほほえみを残し、品のよい端整な顔つきにもどる。

家のもっとも奥まった、つまり、おもての車の往来の音のとどかない静かなこの十畳間が、彼の部屋だった。三年間ずっとひとりじめしている。

「あの弥生さんって、澄哉の彼女のひとりなの？」

「そう。といっても半年前までの話だ」

澄哉はさらりと言ってのけた。

「あんまりしつこく言い寄ってきたから二、三回相手をしてやったぐらいかな」

まさか、という弥生に対して失礼な反論はしなかった。澄哉の女性関係をいやというほど見てきた私が、唯一、感心するのは、彼は女性の見かけにはこだわらないという点である。容姿についての寸評さえ口にしたためしがない。ある意味では見事な博愛主義者だった。

「じゃあ、いまはつきあっていないのに、どうして彼女はここにくるの？」

本気とも冗談ともつかない返事がもどってくる。

「まだおれに惚れてるんじゃないか」

「以前の澄哉なら、そういう女性はうっとうしいと言って、邪険に追いはらったでしょ」

「ああ。でも弥生は礼ちゃんと仲がいいから、大目に見ている。礼ちゃんはほかの女たちにはそっけないけれど、弥生にだけは打ちとけるからね」

「ずいぶんと礼一さんにやさしいのね」

「…………」

「彼のためだけに弥生さんをここに出入りさせているなんて」

ふいに澄哉はしんみりとした調子になった。

「……礼ちゃんはかわいそうな子でね、いまどき珍しいぐらいに苦労している……」

そして彼は、もうひとりの同居人である佐藤にも了解してもらい、礼一のぶんの家賃は自分が負担していると私に打ちあけた。

その代りに礼一は澄哉の身のまわりの面倒や、この家の掃除などを引き受ける約束になっていて、実際、礼一は几帳面すぎるくらいそれを実行しているという。

「なんだか、あの子を見ていると痛々しくて、手をさしのべたくなってしまう……」

かすかなしめりけをおびた澄哉の声に、私は面食らった。

こんな感傷的なもの言いをする彼を見たのははじめてだったし、これほどまでに特定の人間に肩入れする一面があるとは、私だけでなく、澄哉にかかわった女性たちも信じられないだろう。私は彼が何に対しても夢中になった姿を見たことがなかった。

澄哉らしくもない言葉に、こちらのほうがばつの悪さをおぼえ、私は話をずらした。

「礼一さんは弥生さんに気があるのかしら」

すると、突然に澄哉はいつもの自分にまいもどり、冷淡に、高飛車に断定してきた。

「まさか。礼ちゃんは弥生を女として見てない。おれとマリみたいに、色っぽさのかけらもない関係なんだ」

目には怒りのような激しさが宿っていて、私はその勢いに圧倒された。

一週間がすぎると、ようやく私は一年ぶりにもどってきたこの家のありようがのみこめてきた。

毎晩といっていいぐらい若い女性がひとりで、あるいは複数で澄哉を訪ねてくるのは、以前と同じだった。そのすべてが彼とつきあっている相手とはかぎらず、単なる友だちの場合もあるらしいのだが、私にはそのへんの判断はつかない。

礼一は感心するほど、ぬかりなく把握（はあく）していた。もちろん、その背後では澄哉がことこまかく指し図していたのだろう。

夜、玄関の呼び鈴が鳴ると、必ず礼一がでてゆく。そして、居留守を使って門前払いをする女性、部屋にあげる女性、はっきりと迷惑だから二度とこないでほしいと告げる女性、というふうにさばくのだった。

大学の授業に出席しているとき以外の彼は、ほとんど家にいて、家事をやったり、澄哉に言いつけられた雑用に励む。洗濯ものは、できるだけクリーニングにださず、澄哉のセーターを洗面所で手洗いしているのを私は何回となく目撃した。浴室のタイルも一年前とは比較にならないくらい磨（みが）きあげられていた。

弥生は会社帰りに一日置きにあらわれた。いつもスナック菓子を持参し、それを片ときもはなさず、ひっきりなしに口を動かしながら、礼一にまとわりついては、他愛ないおしゃべりで一、二時間をつぶす。礼一の家事を手伝うでもなく、そばで眺めながら、大声で一方的にまくし立てる。話の内容は、会社の出来事、タレントの噂（うわさ）、友人知人の近況といったことばかりらしい。

食事については、味つけにうるさい澄哉は、これまでと同様に大学そばのいきつけの定食屋を利用していた。かなりわがままな注文にも応（こた）えてくれるのが何よりだという。

そこでも礼一はこまめだった。一日に一回は小さな炊飯器で自分のためのごはんをたく。興味本位で数回のぞいてみたその食卓は、干物の切れはしと梅づけをそえただけの質素さで、私はつかのま同情めいた心地になった。しかし何も言わずに退散した。言うな、とばかりに礼一が美しい眉根(まゆね)を寄せて鋭く私をにらみつけたからである。

私はもっぱらコンビニエンス・ストアの弁当やおにぎり、惣菜(そうざい)などを買ってきた。歩いて十分ほどの所にあるそこは、散歩がてらに通うには、ちょうどよい距離だった。

もうひとりの同居人であり、今年で二年つづけて大学を留年している佐藤は、年上の未亡人のもとに入りびたっているとかで、家にはめったに帰らず、家賃だけを澄哉にとどけていた。

「ちょっといいですか」

十一月も二週目に入った雨模様の夜、襖(ふすま)のむこうで礼一の声がした。

「どうぞ」

と答えながら、私は壁にもたれ数日前に買ってきたアルバイト情報誌をジーンズの膝(ひざ)に広げ、条件のよさそうな勤め先にボールペンでしるしをつけていた。

「失礼します」

そう言って襖を開けた礼一のうしろには、もうとっくに帰ったと思っていた弥生のこんもりとした姿があった。

ふたりは畳の上に並んで正座した。

「マリさんにも相談に乗ってもらいたいのです」

「何かしら」

「じつはぼくと弥生さんはこの半年ほど、ずっと澄哉さんに苦言を呈しています。あの女性関係のだらしのなさ、どうにかしたほうがいい、と」

礼一は整った顔立ちに、神経質な苛立ちを漂わせている。

「そのたびに澄哉さんは、ぼくたちの意見に素直にうなずいてくれるのですが、しかし現実には、いっこうにあらためてくれない。というより澄哉さん自身も、どうしてこうなってしまうのか悩んでいるのです」

悩んでいる？　私は澄哉の言動のあれこれを思い浮かべてみた。とても悩んでいるような様子ではなかった。だが、私は用心深く口をつぐんでいた。

礼一につづいて弥生が支離滅裂に言いつのりだした。長いその内容を要約すると次のようになる。

女性を遊び道具みたいに扱う澄哉を憎んでいる女性はたくさんいる。特にA女子短大とB

専門学校の女生徒のあいだでは、彼の名前は「遊び人」「女たらし」の代名詞になっていて、このままほうっておくと澄哉の悪い噂はさらに拡大されてゆく。将来を考えるなら、もっと慎重に行動し、身持ちを堅くするべきではないか。

「そりゃあ、私も彼にふられたくちだけど、でも、もう、なんとも思ってないよ。心配なだけ。私のときもそうだったけど、澄哉さん、女の子に口説かれると、ぜったい断わらないんだ。ぜったいにね。だから、だめなのさ」

どこまでも軽い調子で語る弥生とは対照的に、礼一は深刻に、重々しく言葉を選ぶ。

「まあ、それが澄哉さんのやさしさなんでしょうけれど、そのやさしさが身を滅ぼしかねない……マリさん、どうして澄哉さんはああなのでしょうか」

たずねられても、私は答えられなかった。私も、なぜ澄哉があんなにも複数の女性とつきあうのか、首をひねりつづけてきた。高校生の頃は、繊細で、気むずかしいくらい潔癖なところがあったのに、大学生になってから、一挙に女出入りが激しくなった。ひとりの女性とじっくりかかわったことはない。

「どうしてって言われても……きっと彼が女好きなうえに、黙っていても女性にもてるから、ああなってしまう条件がそろいすぎているのじゃないかしら」

そのとたん礼一はまるで私が澄哉であるかのように、いきり立った。

「それならケダモノと一緒じゃないですか。理性や分別を働かせてこそ人間なのに。あれほどぼくたちが忠告しているのに、ちっとも改善されないなんて、まったく、おかしいですよ」

最後の言葉を礼一は吐きすてるように言った。怒りで声がふるえていた。

私はあっけに取られ、その怒りのほどが不可解だった。澄哉が、たとえ女性関係が乱れているにせよ、それは彼の問題であり、そのことで礼一も弥生も、そして私も迷惑をこうむっているわけではない。もし礼一が、玄関先での女性たちの応対にうんざりしているのなら、率直に澄哉に話せば解決できるはずだろう。無理強い(むりじ)する彼の性格でもなかった。

私は礼一にそのことを言ってみた。すかさず相手は言い返してきた。

「そういうこまかいことにこだわっているんじゃありません。澄哉さんには抜本的(ばっぽんてき)な対策が必要なんです。あのひとの異性への感覚そのものがへんなのです。ふつうじゃありません」

殺気立って、りきみ返る礼一の興奮の前で、私は押し黙るしかなかった。

礼一は女性に恵まれすぎる澄哉にやきもちをやいているのだろうか。

あるいは礼一はひと一倍ふしだらさに敏感で、許しがたい嫌悪感をいだく性分なのか。

それとも弥生に好意を持つあまり、彼女をもてあそんだ澄哉に許しがたい気持をいだいているのか。

だが、いずれにしても、礼一は抑えがたい衝動にかられているようだった。家事に、雑事に忙しく、また、かいがいしく立ち働いている彼からは想像もつかない、狂おしい激情にすっぽりと巻き取られている。

「ぼくたちは、あすの晩、このことで澄哉さんと話しあいます」

礼一の目にふと常軌を逸したような、あやうい光がよぎった。一瞬、彼の美貌がミステリアスに際立ち、冷たい色気がにじんできた。

「その場にマリさんも同席してくれませんか。一緒にこの問題を考えてもらいたいのです」

「私が？　でも、私は別に澄哉がやりたいようにすればいいから……」

返事をしぶっていると、礼一はかんしゃくを起こした。

「マリさんはぼくたちよりずっと澄哉さんの身うちじゃないですか。赤の他人のぼくたちが、こんなに真剣になっているのに、そういう言い方はないでしょ。ひどいですよ」

礼一の剣幕に押し切られ、私は気乗りのしないまま仕方なく承知していた。

次の日の夜八時、会合は澄哉の十畳間で持たれた。来訪者にじゃまされないために、礼一は玄関の戸に「留守」と書いた紙をはりつけ、鍵もしっかりかけた。

「それでは澄哉さんの人間関係を討議する会をはじめたいと思います」

礼一は神妙な表情で切りだし、それからおもむろに小型のノートをひろげると、このひと月間で澄哉を訪ねてきた女性のかずを、一週ごとに区切って読みあげた。このデータは、礼一のチェックと澄哉が白状したものとをつきあわせたという。

単独の訪問者と複数でやってきた女性を合計すると、平均して週に五人という数字がはじきだされていた。

同じ女性が週に二回かさなっている場合もあるが、それは一、二名にすぎない。

報告を聞いて私が意外だったのは、最近の澄哉はだれひとりとしてこの家に泊らせていないという事実だった。

以前にくらべると平均五名というのは、かなり整理されてきている、と礼一は自分の手柄のように、かすかに頰をゆるめて澄哉に視線をむけた。かつては週に平均八名だった——。

澄哉は無言でうなずく。彼のそうした態度にも私は目を見張った。礼一を茶化すのでもなく、反発するのでもなく、せせら笑うのでもない。いたく従順に礼一に取り仕切らせ、なすがままに、といったおだやかさに身をゆだねている風情なのである。

「この平均五名は、澄哉さんの努力の成果であり、また、ぼくと弥生さんの誠意が澄哉さんをそのようにさせたと言っても過言ではないと思います。が、課題は残ります。重複している部分をのぞいても、澄哉さんが現在つきあっている女性は十四名、まだまだ多すぎるとぼくと弥生さんは考えます。目標は、せめて五名。これにしても多いような気がしますが、あと九名はけずる必要があります。どうですか、澄哉さん、見通しは」

澄哉は困惑をかくさなかった。

「選択（セレクト）がむずかしくてねえ。何を基準にして切りすてるか、取っておくか……」

弥生がこともなげに助言する。

「気に入ってるのを残せば？」

「いや、いまは気に入っていても、ひと月先はどうなるかなんだ。ほら、おれはすぐに気分が変わるから」

礼一が口をはさむ。

「性格のよさそうなひとを残してはどうですか」

「そんな簡単に見抜けないよ。おれの前ではいい面しか見せてないだろうから」

「しかし、ここは心を鬼にして選（よ）りわけなくては」

「まあ、そうだよなあ。でも、おれは彼女たちに、おれがつきあっているのは、きみだけじゃない、とはっきり言っても効果がなくてね。かえってライバル意識を燃やして、私こそ、と張り切るのだから、まいるよなあ」

そうしたやりとりをかわしてゆくうちに、礼一はきのうと同様に勝手に激昂しはじめた。いや、昨夜よりもっと攻撃的で、手かげんをしなかった。めいっぱい澄哉の優柔不断さを非難し、ここまで収拾のつかない事態におちいらせたルーズな性格をやり玉にあげ、基本的に女性をなめてかかっている、そうではないのか、と澄哉を容赦なく追いつめてゆく。声がうわずるほどに責め立てる。

澄哉は一貫して受け身だった。しかも冷静さを失わない。

礼一の指摘にいちいち深くうなずき返し、いっさいさからわず、投げつけられた言葉を訂正しようともせずに、彼の言い放題にさせていた。

不思議な光景だった。

さらに私が注目したのは、全身から棘をつき立てているような礼一のがむしゃらな表情を見つめる澄哉のまなざしに、ある種の陶酔感が宿っていたことである。

確かに澄哉は見とれていた。

愛おしげに、礼一のすべてをつつみこむように、そのまなざしで彼の荒れ狂う言動を撫でさするように。

そのとき、私はあざやかに悟った。

どれだけたくさんの女性たちが束になってかかっても、礼一ひとりにはかなわないことを。

澄哉は同性の礼一を愛していることを。

この三年間、澄哉がこの部屋かずの多い家に友だちと住みだしてから、私はたえずチャンスをうかがっていた。居候として、それとなく、ここに居ついてしまえないものか。けれど、いつも澄哉の無関心な視線が私をくじけさせ、この家からいっとき遠のくことを暗黙のうちにせき立ててくる。私はもう何年も彼を愛していた。それはひとりの男性としてなのか、きょうだい愛に近いものなのか、私にも判然とはしなかったけれど、つねに彼の身近にいたいと願いつづけた。

礼一を見つめる、あのような目を澄哉からそそがれた記憶は、いっぺんもなかった。

十日がすぎた。

私は澄哉の部屋を訪ね、新しいパート先も決まったので、近々ここをでてゆくと告げた。

いつになく澄哉はうろたえた。

「待ってくれよ。そんな突然に。マリがいなくなると、礼ちゃんが淋しがる。もう少しいてもらえないか」

私は苦笑した。

「引きとめるなんて、これが最初で最後じゃないかしら。しかも、その理由はひとえに礼一さんを思ってなのだから」

澄哉もきまりが悪そうに薄くほほえんだ。

「子どものときからきょうだいみたいに育ってきた私の目はごまかせないわよ」

「きっとそうだろうと思っていた。マリだけには見破られるに違いないと」

そして澄哉はようやく本心をあるがままに語れる安心感から、手放しで礼一を称賛しはじめた。

「とにかくひと目見たときから、なんてきれいな子なのかと胸がときめいてね。それに、あのつっかかるような、あの年齢特有のひりひりした感性が魅力なんだ。この家に同居させるまで一年かかったよ」

だが、礼一は澄哉のこうした想(おも)いは知らないという。知らせるつもりも澄哉にはない。

「そんなに礼一さんが好きなのなら、なぜ女性関係をきれいにしないの」

「礼ちゃんのために必要なんだ」

澄哉が言葉をつくして家に同居させ、家賃は負担しなくてかまわないと説得したけれど、礼一の心にはその負い目がくすぶっている。家事をこなすだけでは帳消しにならないのだ。

それ以外に礼一のプライドをくすぐり、屈辱感をぬぐい去るためには、彼が思いっきり非難し、やりこめる対象を見いださなくてはならない。そのとき礼一がとびついたのは、澄哉の女性関係だった。さらに第三者の弥生を味方にすることで、礼一は自分の行為に正当性を持たせた。

おそらく礼一は自分のこうした気持のすりかえを自覚していないのだろう。澄哉の将来を案じて、と自分でも信じきっているに違いない。そうやって心のバランスを保っている。

「でも礼一さんが同居した時点で、女性関係は整理できたでしょう」

「それがそうあっさりと片がつかなかったし、礼ちゃんにおれの気持をわからせないためにも、女性たちはカムフラージュになった。いや、そうじゃないな……おれは女性もきらいではない、ということか……」

「いいわね。女性も男性も、なんてバラエティに富んでいて」

そのとき私は思い出した。高校生の頃から、澄哉は女性を評する場合に、けっして「きれい」とは言わなかった。その讃辞（さんじ）はつねに男性にむけて使われていた。

「な、マリ、ここにいてくれないかな。ここから仕事先にゆけばいいだろう。礼ちゃんは弥生だけでなくマリも自分の味方についてくれたと喜んでいる。どうせ彼はさ来年の春には就職して、この家からでてゆく……頼むよ。マリだからこそ、こうやってすべてをさらけだして頼むんだ。こんなことマリのほかに言えないよ」

マリだからこそ、この言い方が私の感情をくすぐるのを、彼は十分に心得ていた。

それに特別な意味がこめられているのではないか、そう錯覚し、自惚(うぬぼ)れた頃から、私は澄哉を愛しはじめたのだった。そばにいようとした。

自分自身のことさえ心もとなく、おぼつかない十代の後半、その言葉は私を切実に求め、助けを求めているひびきをともなって、私に自信を与えてくれた。

それはもしかすると澄哉でなくともよかったのかもしれない。しかし、あの頃、私を必要としてくれたのは、彼だけだった。たとえ、きょうだいのような関係であろうとも。

結局、私はその家にとどまった。

私の滞在が長くなりそうだ、と澄哉から聞かされた礼一は、急速に親しみをまして私に接近してきた。弥生もことあるごとに私の部屋にあらわれ、気のすむまでおしゃべりしてゆく。

それからほぼ一年、私たちは澄哉の女性関係を改善するために、何回となくミーティングをくり返した。

三人で案を練(ね)っては、澄哉に提案する。

澄哉もできるかぎり前向きな姿勢で取り組む意欲を一応は示す。

そのたび礼一はひとりでかんしゃくを起こし、澄哉に当りちらした。

しかし、いちども喧嘩にはならず、険悪な雰囲気にもならなかった。なぜなら、私たち三人は本気で澄哉の現状を憂え、そして彼を好きだった。あしざまに言いながら、彼のそのどうしようもなさを愛していた。

週に平均五人だった女性の訪問は、ようやく三人にへらされたが、それ以上は横ばい状態をつづけた。

やがて就職先も決まり、大学を卒業した礼一が、この家を去る日、彼が顔いっぱいに笑いをひろげて澄哉に投げつけたのは、

「女たらし」

のひと言だった。

澄哉も軽快な笑い声でそれに応えた。

数年後、弥生は職場の同僚と結婚した。

それから二年後、澄哉はアメリカに留学し、日本をはなれた。私はひとり暮らしのＯＬになった。

先日、あの家のあったあたりを車で通りかかった。
家はなく、代りにペット病院の細長いピンクの建物がのどかに立っていた。

夜の公園

夜の公園にいかなくなって一週間がすぎると、私はまたもや不眠症におちいった。体の内側のどこかに、蒼くて固いしこりのようなものができ、それが絶え間なく私の神経を不安定に揺り動かす。

しこりの原因はわかっていた。

わかってはいるけれど、自分ではどうすることもできない。

二ヵ月前、私は恋人を失った。

これ以上の男性はいない、と私は彼に夢中になり、当然、結婚を望んでいた。彼の容姿、性格、職業、年収、すべて私が夢に描いていたとおりの男性で、私より四歳上の三十歳という年齢も、ちょうどよい年のひらきに感じられた。

私はごく平凡な女だった。そのことは自分でも十分にわきまえていた。だから彼と比較すると何もかも見劣りがする自分をひそかに恥じ、その自信のなさは、彼に対する従順さとなって、今では愚かしいほど彼の言うなりだった。

彼の大きな魅力のひとつは、その話し方にもあり、私はいつも彼の快活で、表現力ゆたかなおしゃべりに耳を傾け、酔いしれていた。聞き手にまわっているだけで、彼と同レベルの知力あふれる女になったような心地だった。

だが、彼にはもうひとりの恋人がいたのだ。

私と同時進行で、彼女ともつきあっていたらしい。

交際から一年がたって、彼ははっきりと私に別れを告げた。結婚するのだという。相手の女性に子どもができ、それが決意のきっかけになったとも打ち明けた。

そのときも彼の話し方には妙な説得力があり、やさしさに満ち、私のなかの善意を引きだしてくるせりふを、計算しつくした巧妙さで口にした。

気がつくと、私は彼へのうらみや憎しみなど少しもおぼえずに、別れを承知してしまっていた。

それが二ヵ月前のことである。

今となっては、彼女に子どもができたのかどうか、真相はさだかではない。

噂によると彼女は大金持ちのひとり娘で、彼はその家の婿養子になるらしい。

私の体のどこかに生じてくる、蒼くて固いしこりは、多分、彼がしゃべった、たくさんの言葉の断片が凝縮されたものだろう。なぜなら、そのしこりをどうにかしてほぐそうと、私なりに原因を考えるたびに、しこりはかすかにふるえだし、鋭い言葉を、短く、しかも光線のようなすばやさで吐きだしてくる。それは、つねに彼が私の耳もとでささやいた、甘く、心をとろけさすような言葉のかけらだった。

彼と別れてから、私は不眠症になり、二、三時間まどろんだだけで朝を迎える日々がつづいた。

それでも会社は休まずに出勤した。たえず頭がどんよりとし、手足はだるくて仕方がなかったけれど、それだけの理由で欠勤するなどということは、私自身が許さない。つまり私は、そんなふうに、どこかきまじめなところのある、どこにでもいる平凡な女だった。

夜の公園に行くようになったのは、ひと月半前の六月のことである。

「不眠症をなおす本」の内容を忠実に実行しはじめたのだ。気分転換の必要性やほどよい肉体疲労の大切さが、そこにはくり返し書かれていた。

私の住む札幌は北区の独身者専用のマンションから、歩いて数分の所にかなり大きな公園があった。

公園の中央に、冬、子どもたちがスキーをするのにちょうどよい小山が作られ、その小山を取り囲む形で、野球場や子どもたちの遊び場、ベンチのある芝生スペースなどが配置されている。公園のぐるりには、ジョギング用の道も設けられ、札幌市内でも、かなり贅沢な公園にかぞえられるだろう。

その夜も、私はパジャマにしているスエット・スーツにサンダルばきで、公園にいってみた。

夜の十一時をすぎたそこには人影もなく、路上の外灯が公園内を淡く照らしていた。小山のななめむこうに一台のスポーツ・カーがとまっていて、ほの白い顔が見えるが、男なのか女なのかさえ区別がつかない。

私は公園のなかのベンチに腰かけ、ただぼんやりと空を眺めていた。

連日の寝不足で疲れた体を、それ以上動かす気にはなれなかった。

そこかしこに植えられた樹々や芝生、小山においしげっている草などが、大気に新鮮なみどりを流してくれているせいか、そのあたりの空気はすがすがしい味がした。蒼くて固いしこりが、なんとなく小さくなっていくようだった。私のささやかな気分転換……。

やがて、どこからともなくジョギング・ロードに人があらわれた。ブルーのランニングに同色の短パン、白のソックスにジョギング・シューズをはいたその人物は、走りながら次第に近づいてくる。私のすわっているベンチのうしろにもジョギング・ロードは通っている。

走ってくるのは、私と同じくらいの歳の男性だった。肩幅ががっしりと広くて厚い。その肩の厚味を支えるにふさわしく、首から下も太い幹のようないかつさで、短パンから出ている足も筋肉が盛りあがっている。ハンサムでも醜男でもなかった。背丈はそう高くはない。

園を四周して、どこへともなく消えた。私は見るともなしに、ぼんやりとその姿を眺める。

翌日も私は夜の十一時すぎに公園に足をむけた。ほどなく、きのうの彼もあらわれ、ふたたびジョギングをはじめる。

そんなふうにして十日間がすぎた。

十一日目は、とても星あかりのきれいな晩だった。ジョギングする彼がいつもどおりに公園にやってきた。そして、彼はベンチに腰かけている私のそばまで一定のリズムを保ちながら駈けてくると、足と手はジョギングの恰好をつづけながら、その場からはなれず、私にほほえみかけた。白くて健康そうな歯並びが、とても感じのよい印象だった。

「あなたも一緒に走りませんか」

その人なつっこさに、思わずつられて答えていた。

「……ええ……あしたの晩から」

翌日、私は約束どおりジョギング用のスタイルで公園にでかけ、彼を待った。ずっとむこうから彼の走ってくる姿が見え、やがて、私のいるベンチにやってきたとき、私は彼の横に並んで走りはじめた。

ジョギングなどしたこともなかった私は、公園を一周しただけで、さらに睡眠不足も加わって、へとへとになってしまった。ベンチに倒れこんだ私をよそに、彼はいつもと同じく四周し、ベンチにいる私のそばに近寄ってくると、黙って私の腕を引きあげ、ほら、というように目でうながした。そのあいだもジョギングの姿勢をとりつづけている。

私たちは、私の住むマンションへと走りはじめた。私の疲れを察して、彼はゆっくりとしたペースに変えた。

そして、私はそれからの自分が一体何を考えていたのか、説明がつかない。おそらく考えなどなかったのだろう。また彼にしても、それを予測していたとは思えない。

ジョギングのリズムは、そのままマンションの階段にまで持続し、三階の私の部屋のドアの前にきても、やはりリズムはくずれず、少しの不しぜんさもなく、彼は私の部屋に入ってきた。私も違和感はなかった。

私たちは汗まみれの体のまま激しく抱きあい、たがいの素肌から発散する匂いは、部屋中の空気を染め変えるほどだった。

別れた恋人と違って、彼は、まったくといっていいほどしゃべらなかった。

だが彼の肉体は饒舌（じょうぜつ）で、私の体のあらゆる部分に、自分の跡（あと）を刻みつけようとした。真っ白い歯が私の耳たぶを柔らかくかんだとき、私はとっさに短い叫びをあげていた。そうしながら、彼は私と結合し、波のように腰をうねらせ、右手は私の乳房を、左手は、私の背中に軽く爪を走らせていたのだった。

終ったあと、彼は手早く汗にぬれたランニングと短パンを身につけ、にっこりと笑いかけた。

「とてもよかった」

その夜、私は数週間ぶりに熟睡した。

次の日も、私はジョギングをしに公園にでかけた。

彼もあらわれた。

ジョギングは、そのまま私の部屋にまで持ちこまれた。体全体のリズムだった。

そして私は深々とした眠りの中へ吸いこまれてゆく。

彼の名前も年齢も職業も、どこに住んでいるのかも、私は知らなかった。たずねもしなかったし、彼もしゃべろうとはしない。だが、言葉のかわりに、ひんぱんにむけられる笑顔は、私に言葉よりもっと柔らかな確かなものを与えてくれていた。

彼の笑顔と性愛は、着実に私の内側の蒼くて固いしこりをほぐしていった。不眠症からも解き放してくれた。

彼との奇妙な夜は、四日間つづいた。

けれど不眠症がなおるにつれ、私は、これまでの自分を取りもどしはじめた。

なんというふしだらさなのか。

なんという危険なことをしているのか。

私は全身が熱くなるほどの恥かしさを、ようやく自覚した。自己嫌悪と漠然とした怖れもいだいた。

夜の公園へ行くのをやめた。

しかし彼はこのマンションの部屋を知っている。ふいに訪ねてきたならどうしようか。

私はふたたび不眠症におちいり、蒼くて固いしこりも、また筋腫（きんしゅ）のように私の内側で息づきだした。

自分のしでかした恥ずべき行為に身を揉（も）むような思いをいだきながら、その一方では、彼の笑顔とあの肉体の饒舌さを求めている自分がいた。

また、私にしても、彼にしても、ごく普通の出会い方をしたなら、きっとたがいに無関心に通りすぎている相手だったろう。

私は男性の興味をひく容姿の女ではなく、その平凡さは彼も同様だった。

世間一般の「決まり」をはみだして、いきなり性愛からスタートし、性愛に終始し、そしてあとは何もない。

彼の無口さを、今になって、私は淡く恨んだ。彼についてわずかでも知っていれば、性愛だけではなかった、と自分に言いふくめることができる。自分を少しでも納得させられる。

彼について何も知らないまま、濃密な性愛をくり返していたことは、これまでの私のモラルからすれば許されないふしだらさだった。

自分を責めながらも、彼をなつかしむ気持はつのりつづけた。不眠症に苦しむ疲れはてた神経は、すがるものを求めてもいた。

夜の公園へ行かなくなってから三週間すぎたその日、私は睡眠不足でふらつく体で、ついに公園を訪ねてみた。

ただ、なかには入らなかった。公園の近くまできて、遠くからジョギング・ロードを眺めた。

十一時すぎのいつもの時間なのに、彼の姿は見当らない。十分、十五分がすぎてもあらわれない。

もうジョギングをやめてしまったのかもしれないし、あるいは彼も彼なりに私との出来事に後味の悪さを感じて、この公園を避けているのかもしれなかった。

その想像は私を軽く打ちのめした。

私は力ない足取りでベンチへと進んでいく。途中で立ちどまる。

ベンチには先客がいた。いつも私がすわっていたベンチに、白いポロシャツを着た男が、こちらに後姿を見せて腰かけている。

こんな夜の遅い時間に、ぽつねんと公園のベンチにいる男――なんとなく不気味な雰囲気を感じると同時に、私は、かつての自分も、他人の目には、このようにうつっていたに違いないとあらためてみじめさがこみあげてきた。

だがあの夜、ジョギングの彼は笑いかけ、声をかけてきてくれた。彼は不気味には感じなかったのだろうか。それとも、薄気味の悪さをこらえて、あえて声をかけずにはいられなかった、それが彼のやさしさなのだろうか。そういうひとだったのか……。

私はいそいできびすを返した。とっさに小石につまずき、転びそうになったが、かろうじて身を立て直す。

背後で声がした。

「やはり、きてくれましたね」

振り返る。

白いポロシャツの男は彼だった。

「ここにすわりませんか」

つかのま、ためらってから彼が指さすベンチへ、うつむきがちに近づいて行く。

「あれは不思議な日々でしたね。××さん」

私はびっくりして見返した。彼が「さん」づけで口にしたのは、私の苗字（みょうじ）ではなく名前だったからである。

だが私の部屋の表札には苗字しか書いてはいない。

「どうして私の名前を？」

「自分のかかわっている女性のフル・ネームぐらい知りたくなるでしょう。あなたについては、もう少し知っています。たとえば勤務先は××」

彼は正確に会社名を言った。年齢も当っていた。

「あなたはとてもまじめで几帳面（きちょうめん）な女性らしいですね」

そう言ってから、彼は冗談めかした口調でつけたした。

「じつはぼくもどちらかというと、同じタイプなんです」

「私のことを調べたのですか」

「調べたというほどではなく、ちょっと探偵ごっこをしてみただけです。だから、これ以上、あなたについては何も知りません」

それから彼はやや姿勢をただして、自分の名前を告げた。年齢は二十八歳、勤め先は、東京に本社のある食品会社の札幌支店だった。

私と彼は正面をむいたまま会話をつづけた。

「人間はときどき自分でも訳のわからないとっぴな行動をとるものなんですね。あなたとの日々、あんなことははじめてです。街で女を誘ったこともないのに。本当は内心かなりうろたえていて、何をどう言っていいのか、説明すべきなのか、あの四日間はひたすら無口になってしまいました。ああいうロマンチックな日々は、これまでありませんでしたし」

「私も……いたたまれない気持になります」

「夜というのは、人間を狂わせるときがあるのかもしれませんね」

「ひとつおたずねしたいのですが……」

「何でしょう」

「はじめて私に声をかけてくださったとき、どんなお気持からだったのですか」

「淋しそうな女性だなと」

意外な返答に、思わず彼のほうをむく。

「それだけですか？　気味が悪いとは思いませんでしたか」

「いいえ。とにかくあなたはとても淋しそうでした。それだけで声をかけるのは、おかしいのですか。いや、おかしいのかもしれませんね、確かに」

あの笑顔が目の前にあった。柔らかで、確かなものを与えてくれる笑顔。たくさんの言葉など必要としない、それだけで多くを伝えてくる表情。

「ぼくたちは、あの四日間、不良をやっていたんでしょうね。いや非行かな。でも、もう社会更生しなくては」

遠まわしの別れを言っているのだろうと私は受けとめた。黙ってうなずく。

「じつは転勤になりましてね。……今すぐにとは言いませんが、一緒にきていただけないかと」

びっくりして見つめ返す、言葉がでてこない。

「唐突なのはわかっています。でもぼくたちのスタートはこれからだとは思いませんか。それに……基本的な、つまり相性のよさは確認済みですし」

言ってから、彼は照れくさそうに押し黙った。

たがいの呼吸をあわせるだけの前戯のようなジョギングと、性愛だけのまるで獣のような四日間の夜を、ロマンチックな日々と言ってくれた彼に、私はすべてが救われる心地がした。

ため息

はじめて入る店だった。

黒に白抜きの細文字で「しおり」と書かれた看板は、会社帰りに毎晩のように見ていたが、足をふみ入れたことはない。

飲食店ばかり十軒ほど集めたそのテナントビルは、地下鉄から美那子の住む独身者用のワンルームのマンションの途中にある。自宅と近すぎる距離の酒場では、どうも「遊ぶ」という感覚になれなかった。

店で飲むのと部屋で飲むのと、そう大差がないからだ。実際、そこから歩いて三分とたたないところにマンションがあり、冷蔵庫には缶ビールもワインもそろっている。シャワーのあとで冷たいビールを口にふくむ瞬間の気楽さと爽快さを思うと、わざわざ近くの店に立ち寄る気にはなれなかった。

それに女性ひとりで酒場へいくと、楽しさよりわずらわしさに巻きこまれやすい。男性の酔客がしつこく話しかけてきたり、理由もなくからまれたりもする。

だが金曜日のその夜、美那子の神経は仕事の緊張感から解放されず、妙に昂ぶっていた。

このまま、まっすぐ部屋に帰って、ぬるめの湯にじっくり体をひたしても、そう簡単に頭のほてりはさめそうにもなかった。

店のドアを開けて雰囲気のよさそうな所かどうか、とりあえず直感に頼るしかない。なんとしてでも避けたいのはカラオケのある店だった。今夜のような状態では、カラオケのあの大音響は、疲れた耳にはこたえる。

「しおり」は一階のつき当りにあった。ビルの表にだされた看板と同じで、黒いドアに白文字で店名がさりげなく記されている。

ドアを細めに開けると、店内は静まり返り、すばやく走らせた視線からするとカラオケの装置は見当らなかった。内装は黒を中心にすっきりとして清潔そうでもある。

美那子は思いきって足をふみ入れた。

「いらっしゃいませ」

カウンターの内側から声がかかる。バーテンダーの恰好をした三十代も後半らしい男性が愛想のよい笑みで迎えてくれた。

客はカウンターのいちばん奥の席にひと組の男女がいるだけだった。壁際にそって十人ほどがすわれる長椅子（いす）、その前に丸いテーブルがみっつ置かれている。

バーテンダー姿の男性が如才なくたずねてきた。

「お待ちあわせでしょうか？」

「いえ。ひとりです」

「そうですか。どうぞ、おすわり下さい」

「あのう、ビールをいただけますか？」

「ジョッキ、それとも壜（びん）ですか？」

壜のビールを頼むと、好みの銘柄（めいがら）をきかれたが、美那子はこだわらなかった。

カウンターの内側から冷えたグラスにビールがつがれ、厨房（ちゅうぼう）の仕切りのカーテンのむこうから、美那子より数歳上とおぼしき女性がお通しの皿を持ってあらわれた。薄化粧に、シンプルなグレーのワンピースを着た彼女は、ＯＬと称しても通用する素人（しろうと）っぽい清楚（せいそ）な印象で、美那子はなんとなくほっとした。

「会社からのお帰りですか？」

その口調も落ち着いている。

「ええ、会社からまっすぐ」

「この時間まで？」

「月に一週間は残業があるんです」

会社をでたのは九時をまわっていた。多分、九時半はすぎているのだろう、と美那子は腕時計を見ずにグラスを手にする。

「毎月、一週間もこの時間まで働くなんて大変ですね」

「でも土・日は休みですから。それに残業にしても、たいがいの会社はそんなものだと思います」

そう言ってから美那子はカウンターの内側のふたりに何か飲むようにすすめた。はじめての客に遠慮してか、どちらもビールと答え、グラスを取りだしてきた。

「今後ともよろしく」

男性の言葉に三個のグラスがカチリと音を立ててあわさった。乾杯の音頭をとったところからすると、彼がここの店主だろうと想像を働かす。

そのとき、カウンターの奥の席から女性の怒鳴り声がひびいてきた。

「あんたってクズよ。人間をナメてるんだ。そんなごまかしが通用すると思ってんの」

弱りきった男の小声も伝わってくる。店内に流れているBGMの音の低さが、会話をつつ抜けにさせていた。

「だから言ってるじゃないか。おれが悪かったって。でもね、最初につきあうとき、ちゃんと言ったはずだよ。おれはいいかげんな男だって」

女性はさらにわめいた。

「ここまでいいかげんとは思わなかったわよ」

「じゃあ、どうすればいいんだ。どうすれば気がすむんだ」

「あんたなんかこうしてやる」

言うなり女性はカウンターの上に置いてあったバッグを両手に握りしめると、力いっぱい男性の頭を打ちすえた。

「あんたとはもう二度と会わないから」

椅子からおりた女性は、わき目もふらずに足早に出入口のドアに進み、そして、でていった。見たところ二十歳そこそこの年齢である。

バーテンダー姿の男性が苦笑を浮かべて、殴られた頭に手をやっている相手に声をかけた。

「ヨウちゃん、こっちにきたら。気を取り直して飲み直そう。まったく困ったやつだ」

ヨウちゃんと呼ばれた男性が立ちあがり、こちらのほうを見て、照れたような笑いを浮かべた。少なくとも、たったいまの状況にショックを受けている顔つきではなかった。

近づいてくる彼はすらりとした長身で、目鼻立ちも整っている。白のTシャツに、たっぷりとした襟なしの白のセーターを重ね、淡いグレーのスラックスにつつまれた肢(あし)は長い。

美那子のそばにやってきた彼は神妙にわびた。自分と同じくらいの年齢、あるいは数歳の違いしかないだろう。

「ごめんなさい。せっかく楽しく飲んでいるのに、おれ、ぶちこわしてしまいましたね」

相手の気持を思いやって、美那子はほほえみ返した。

「珍しい光景を拝見させていただきました。女のひとも、いざとなると、たくましいものですね」

「いや、あの程度なら、まだましですよ」

そして彼は美那子の隣の椅子を指さして、すわってもかまわないか、とたずねた。美那子はうなずき返す。沢口要一です、と彼は名前を告げてから、マスターが新しくこしらえたバーボンのオンザロックのグラスをつかみ取った。

「ね、マスター、おれ、どうしていつもあんなふうになっちゃうんだろう？　つきあう最初に必ず言っているんだよ、おれはいいかげんな男だ、将来的などんな約束もできないよって。本心からそう言って、相手も納得したはずなのに、結局、おしまいはさんざん罵られて……ママ、女のひとの気持はわからないね」

清楚なたたずまいの女性がママと呼ばれているとすると、マスターとは夫婦なのだろうか、美那子はビールをゆっくり飲みながら、この場のなりゆきを興味深く見守った。楽しんでもいた。

「女はね」ママはやはりおだやかに答えた。

「自称いいかげんな男でも、きっと私が変えさせてみせると思いがちなのね。それと、いいかげんな男とは、どういうものかと、むしろ好奇心から接近してくるタイプもいるでしょうし。でも途中から、要ちゃんを独占したくなる。嫉妬もする……」

「そう、おれ、すぐに嫉妬されるんだ。相手は気づくんだろうね、自分は愛されていないって」

「問題はそれだけじゃないだろう」

マスターが口をはさんだ。

「ヨウちゃんはいつも複数の女の子たちとかかわっている。そのことにも相手は気づいているはずだ。いいか、要ちゃん、もうそろそろ腰をすえて、つきあう相手はひとりにしぼったらどうなんだ、もう二十五なんだろう」

私より三つ下なのか、美那子は要一の横顔を盗み見た。スタイルのよさ、おしゃれで都会的な全体の雰囲気、物柔らかな話し方、この三点がそろっていれば、女性には不自由しないはずだ。

「マスターの言うのはもっともだよね。でも、おれ、つきあってくれと言われると、まあ、いいかと思っちゃうんだ。どうせ、どの子もおれのこと、本当に理解なんかしてくれない、できっこない。だったら何人とつきあおうと同じだもの。傲慢だね、こういう考え方。だからおれはいいかげんな男なんだろうなあ」

「どの子もヨウちゃんを理解できないとわかってるのなら、遊ぶのはやめて、医者になる勉強にそのエネルギーをそそぐのが賢明じゃないのか」

なるほど、とさらに美那子は胸のなかでうなずいた。いずれ医者になるとすれば、女性たちはいっそう目の色を変えて彼を追いまわすだろう。

「前にも話しただろう、マスター。おれはおやじの跡をついで医者になるよりも、何かをつくりだす職業につきたかったんだ。浪人中、伯父さんのいるテレビ局でバイトをしていたときは本当に充実していたし、張りがあった」

「しかし最終的に医者になる道を選んだのは、ヨウちゃん自身なんだよ。たとえ伯父さんにさとされたにしても、だ」

「……そうだよね……おれが決めたんだよね……」

要一は急に元気をなくした。たくさんの矛盾をかかえているのだろう、複数の女性と関係しているのも、何かから気をまぎらわしたいからではないのか、美那子はそんなふうに解釈した。いいかげんな男、と彼が自分で口にするほど、その心の奥はにごってもいなければ、腐ってもいない。彼は自分を持てあましているタイプの人間なのではないか。

美那子は一年前に別れた恋人を思い出した。彼がもっといいかげんな男性なら、別れずに結婚していたかもしれなかった。生まじめで、酒もたばこも賭けごとにも関心を示さず、何をするにも早い時期から「計画」を立てずにはいられない性格。はじめの頃、美那子はそんな彼に誠実さと安定感を見いだし、どこかルーズな部分のある自分には、こういう男性がふさわしいのだと考えた。

だが次第に息がつまってきた。馴れが生じてくるにつれ、彼は美那子が湯あがりにビールを飲むのにも眉をひそめ、クレジットカードで買いものをするのを「計画性がない、危険だ」とたえず批判の目をむけた。会うのは金曜日の夜と決め、それ以外の曜日に変えるのをいやがった。当然、その夜は美那子の部屋に泊ってゆく。

美那子は少しずつ週末ぐらいは息抜きがしたいと思うようになりだした。それを言ったときから、相手は不信感にとらわれ、ことあるごとに激しく嫉妬した。弁解し、なだめるのは、ひと苦労だった。美那子は疲れはてた。もう、うんざりだ、と別れを切りだしたとき、予想どおり、相手は逆上し、荒れ狂ったが、美那子の決意は揺るがなかった。関係をきれいに清算するまで三ヵ月を要し、最後に相手は美那子を電話口で罵倒した。「お前は、どうしようもない、いいかげんな女だ。そのうちきっと痛い目にあうぞ。覚悟しとけ」

そのときも、そしていまも、美那子のその男性への気持は、懲りた、のひと言だった。生まじめすぎるのも、計画性がありすぎるのも、そして嫉妬深すぎるのも、自分は苦手なのだと認識をあらためた。自分と同様に適度なルーズさを持つ男性のほうが、一緒にいて気がらくかもしれなかった。

ビール壜がからになっていた。

ショットで水割りのウィスキーを頼もうか、ボトルを一本入れようか、それとも、もう一本だけビールを飲んで帰ろうか、と迷う。

からになったビール壜を持ちあげたママが、押しつけがましくない調子で、さりげなくたずねる。

「どうなさいます？」

「そうですねえ……」

会話を聞いていた要一が横あいから、いとも無造作に言った。

「よかったらおれのを飲まない？　バーボンだけど。さっき不愉快な思いをさせた、ささやかなおわびのしるしと思ってよ」

ママもマスターもそうするように口々にすすめてきた。ほかに客もいないというのに、こんなに商売っけがなくて大丈夫なのか、つかのま美那子はとまどったが、要一の申し出に甘えることにした。

「おれの話を聞いていて、あきれたでしょう」

美那子の前に水割りのグラスが置かれるのと同時に要一が、ようやくバツの悪さを感じたような口調でじかに話しかけてきた。

「あきれるというより、とても正直な方だという印象ですね」

「正直？　このおれが……まさか……」

面食らったように問い返す彼を、ママがからかった。切れ長の目のふちに笑いをにじませ、するとと不意に色っぽさが漂ってきた。

「よかったわね、要ちゃん。ようやく理解するひとがあらわれてくれて」

店のドアが乱暴に音をたてて開かれ五、六名のサラリーマンふうの男性たちがなだれこんできた。すでに相当に酔っているようだ。

「ママ、おい、きたぞ。ママ、どこにいる？　浮気してんのか、おい」

要一が露骨に不機嫌な顔つきになった。

「やかましい連中だな。じっくり話もできやしない。とりあえず、ちょっとでない？」

「そうですねえ……」

要一という人物への好奇心が、かすかに胸のなかでうずいていた。その内心を敏感に見すかしたように、彼は椅子からおりた。こういった場合の女性の煮えきらない態度の扱いのコツを、十分に心得ているらしかった。

「じゃマスター、またくるから」

要一とともに店をでた美那子は、なぜか自分でも思いがけない言葉を口にしていた。酔ってはいなかった。

「私の住んでいる所はここから歩いて数分先なの。コーヒーでも飲んでゆく?」

そして二時間後、ワインをほとんどひとりで半分ほどあけた美那子は、みずから要一にしなだれかかっていった。自分の大胆さに驚きながらも、こちらから積極的に口説く快感に、ひたすら身をゆだねた。そうしたくなるような、そうしても許されるような不思議な風情が要一にはあった。

困惑の口調で彼は何回もつぶやいた。

「おれはいいかげんな男だよ、嘘じゃない。本当なんだ。それでもかまわないの?　責任は取れないよ」

「わかってるわ。あなたは正直なだけよ」

何回もしつこいほどに念を押した挙句(あげく)、ようやく彼は美那子の肩に腕をまわしてきた。

要一とかかわってみて、彼に夢中になる女性たちの気持が美那子は十分すぎるほどわかった。

一緒にいるときの彼は、この上なくサービス精神に満ちた相手であり、気づかい、心くばりなど、ことごとく女性の意向を優先した。だが相手の思惑をうかがい、下手(したて)にでているという態度ではなかった。妥協できない点はけっしてゆずらず、彼の物柔らかなしゃべり方と婉曲(えんきょく)で巧みな言いまわしは、しぜんと女性をその気にさせてゆく。

また、ささいなことで男性のプライドをひけらかすことは、ほとんどなかった。むしろ、自分を道化役(ピエロ)に仕立て、失敗談をおもしろ、おかしく語っては相手を笑わすのを得意とした。

身なりはつねに清潔で、シックな色あいを好み、その色の組みあわせのセンスのよさには感心させられてしまう。スタイルのよさも大きな武器になっていた。

しかし要一は、つかみどころのない人間でもあった。

いくらやさしくされ、おしゃべりに興じ、笑わせてくれ、大事にされているらしいと漠然と思いはしても、彼自身はどれだけ楽しんでいるのか、とふと不安をいだかせてしまう。女性をいっとき居心地よくさせるすべを熟知していながら、要一そのひとは、どこか醒(さ)めた部分を残している。

その醒めた部分に、かかわる女性たちは苛立(いらだ)ち、原因は何かとあらぬ妄想をかき立て、つきとめようとやっきになり、とどのつまりは、多分ほかに女性がいるに違いないと考え、そうなると彼の一挙手一投足に疑いの目をむけ、ことあるごとに詰問(きつもん)しはじめる……。

「いつも複数とつきあっていたわけじゃないよ。その彼女ひとりだけの場合だってあったんだ。それでも相手はあたまから自分以外にだれかいるときめつけ、俺に嫉妬する。複数の相手がいるときは、もちろん節度をわきまえて、ほかに女のひとはいないと断言しつづけたよ、どの女性にもね。そのうち、つねに嫉妬されるのなら、何人とつきあおうと同じだと思ったんだ」

ため息まじりにそう語った要一は、やはり正直で、率直だった。

自分で自分を持てあましながら、どこか醒めた部分を持っている彼の在り方に、美那子はつきない興味をいだきながらも、深入りはするまいと、たえず自分に言い聞かせた。要一のような男性は、こちらから口やかましく詮索したなら、それは彼に嘘やごまかしを強制するのと同じ結果になりそうな危惧をいだく。おそらく、これまで彼とかかわり、悲惨な結末をまねいてしまった女性たちと同じように。積極的な行動は、こちらから部屋に誘ったという事実だけにとどめ、当分は、彼のやりたいようにやっていればいい、と三歳上の余裕でむりなくそう考えられた。たがいに型にはめようとすると必ずゆがみが生じる。それは一年前の恋人との苦い別れの体験からも学んでいた。

美那子は徹底して要一を束縛しなかった。自分のほうの電話番号は教えたけれど、彼のそれも、地下鉄のひとつ先の駅の近くだというマンションの名前もきくのは避けた。

「こういう女性、はじめてだよ。一応、電話番号だけでも言っておこうか、おれの」

「聞くと電話したくなるかもしれないから。そのとき、あなたの部屋に別の女性がいるかもしれないでしょ」

否定も肯定もせずに黙って苦笑を浮かべた彼の表情から、ほかの女性がいるに違いない、と美那子は確信した。

「おもしろいひとだなあ、きみは。少し変わっているのかな」

そう印象づけただけでも美那子は満足だった。さらに効果をねらって言いそえた。

「私の部屋には、あなたがきたいと思うときにいつでもくればいいのよ。ただし事前に電話を入れてね」

女性たちの嫉妬に悩まされてきた男性には、安らぎの場所が必要なはずだった。

ふた月がすぎた。

一見そっけない、けれど寛大な美那子の存在は、要一の生活に大きな位置をしめはじめたらしい。週に一、二回は部屋を訪ねてくるようになった。ただ性的な関係はないに等しく、その理由は要一に言わせると、「きみはおれにとって特別なひとだからね」ということらしく、美那子はそれ以上の追及はひかえた。欲望の対象とするには「特別」でありすぎる、という説明は、しかし、そこはかとなく美那子のプライドをくすぐり、満足感にひたらせた。

美那子は気にしなかった。もちろん、その裏には欲望のはけぐちになる女性がいることを、暗に物語っていたが、

というのも、部屋にくるたびに要一の顔は憔悴しきっていて、明らかに美那子に救いを求めていたからだ。肉体的にではなく精神的に彼はまいっていた。自分で自分を持てあます言葉が、そのつど血の気を失った唇から吐きだされた。

「おれはやっぱり人生の選択をまちがったのかもしれないなあ。おれの考えをつきつめてゆくと、現代の医学がめざしているものと必ずぶつかってしまう」

また別の夜はカーペットの上に体を長々と横たえ、独白のようにひとりごちたりもした。

「いろんな女性とつきあってきたけど、これまでは本当の恋愛を知らなかったんじゃないかと思うよ。好きという程度があいまいだったという……だから、いくらでも、いいかげんな男になれたんじゃないか、と。おれ、他人を見くびっていたのかもしれない……」

さらに美那子をしみじみと喜ばす晩もあった。

「きみはいっさいおれを非難しない。受け入れてくれる。これって、最高の理解者だ。ここにくると面倒なことすべてを忘れてほっとしていられるよ。こういう場所を与えられるおれは、すごい贅沢をしている気持になる」

いつの場合も美那子は物わかりのよい態度で、彼の話に耳を傾けた。会うたびに要一は心

を開き、ますます正直に、素直になっていっているようだった。

美那子の部屋で夕食をとり、ひと休みしてから、ふたりで「しおり」にでかけたりもした。酔うと二回にいっぺんは、要一は、マスターやママを相手に、手放しで美那子をほめちぎった。その称賛ぶりは、はじめはこそばゆい快感だったが、次第にきまりの悪い心地に美那子をおちいらせた。やりすぎだった。

「マスター、おれ、ようやくおれのことを理解してくれる女性に出会ったよ。なんでもしゃべれて、しかも許してくれるんだ」

「要ちゃんも、いよいよ落ち着けるな、よかったじゃないか」

「こう気持がね、すっと整理されてゆくんだ、彼女と話していると」

清楚なたたずまいのママは、相変らずおだやかに、あいづちを打つ。

「要ちゃんにはそういうひとが必要だったのよ。異性でありながら、あなたをきちんとわかってくれるひとが」

「うん、貴重なひとだよ」

解放感に身をゆだねきってしまうのか、そうした夜の要一はきまって泥酔した。けれど、これまでと同様、彼は美那子の部屋に泊ろうとはしなかった。足もとをふらつかせながらも、自分のマンションに帰ってゆく。「特別なひと」である自分に、泥酔のはての醜態は見せたくないのだろう、とそのたびに美那子は、愛おしくも、はらはらした気持で彼の後姿を見送った。男のけじめと意地にこだわる彼を、むしろ好ましく感じた。そこには、いいかげんな男のイメージなど、見事にかき消えていた。

知りあってから三ヵ月がたち、四ヵ月目に入ったばかりのその夜、美那子の部屋を訪れた要一の表情はぎこちなかった。まともに視線をあわせようとしない。

カーペットの上にあぐらをかいてすわり、要一は自分のぎこちなさをほぐすように、両手で顔をこすった。

「やり直そうと思うんだ。失敗するかもしれない。でも、もう一回だけチャンスに賭けてみる……きみはどう思う？」

「それはお医者さんになるのをやめて、あなたの言っていた何かを創りだす仕事につくということ？」

「いや、そうじゃなくて、生き方そのもの。もっと自分に忠実に、嘘をつかない人生さ」

「女性関係もふくめて？」

「ああ、女性のかずばかりこなしたって何も見えてこない。見えてくるのを願っていたおれはガキそのものだったよ」

美那子は胸のなかで自分の勝利を叫んだ。いつか、こういう日がくるのを待っていた。

要一はつづけた。

「きみのおかげだ。きみがいつも変らずおれの味方になってくれて、それで自信を持つことができた。ありがとう、感謝しているよ。きょうは、これだけが言いたくて寄ったんだ。悪いけど、これから友だちと約束があるから」

そして彼はため息まじりにつけたした。

「きみは……唯一の、理解者だ……」

要一からの連絡がたえて、ひと月がすぎた。気懸かりに思いながらも、美那子は最後に会った晩の彼の言葉を反芻し「チャンスに賭けてみる」には、それだけの準備期間が必要であり、身辺整理などに追われているのだろうと考えた。

はじめて会った夜のように、何人もの女性からバッグで殴られているかもしれない……その想像は滑稽で、この先、彼とくり返し思い出す笑い話になりそうだった。

さらに半月がたったが、依然として要一からの音さたはない。

だが美那子は彼の電話番号もくわしい住所も知らず、たったひとつだけふたりが共有していたのは「しおり」だった。あそこへ行けば消息がわかるかもしれない……。

不安が芽ばえはじめていた。その不安を払いのけるように、美那子は「きみは唯一の理解者」のひと言にしがみつく。

　それでも美那子はしばらく要一からの電話を待ち、一週間後ようやく「しおり」に足をむけた。会社の帰りに立ち寄ってみた。七時になろうとしていた。

　黒いドアを開けると、まだ客はひとりもいなかった。ドアのきしみ音を耳にし、カウンターの内側で何やらしゃがんで作業をしていたらしいマスターが立ちあがる。

「いらっしゃ……」

　途中で声がとぎれ、マスターは驚いたまなざしで美那子を見つめた。

　やがて平静さを取りもどし、いたわるような、つらそうな表情を浮かべた。

「きっと近々お見えになると思ってましたよ」

　カウンター席にすわりながら美那子はたずねた。

「あのう、要一さんの連絡先、ご存じでしょうか」

「連絡先って、要一のやつの……」

「ええ。ずっと会ってないもので。病気にでもなったのかと」

「病気？　ということは、あいつ、美那子さんには何も言わなかったのですか」

「要一さん、どうかしたのでしょうか」

　ふたたびマスターの顔に驚きがひろがった。

「本当に知らないんですか？　美那子さん」

「何を」

数秒後、マスターは天井にむけて憎々しげに吐きすてた。

「なんてこった。なんてえ、やつらなんだ……要一はね、美那子さん、うちのやつと駈け落ちしちまいましたよ」

「……うちのやつって、それは、ママのことですか……」

「ええ、あいつですよ」

「まさか……」

頭のなかが、からっぽになった。次の瞬間、上体が傾きそうになり、美那子はカウンターのはしを両手できつく握りしめた。

駈け落ち？……いまどき、そんなばかげた……彼の相手は私ではないか、それなのに、どうしてママがここに登場してくるのか。

「そうか、私がにらんでいたとおり、美那子さんはあのふたりに利用されていたんですね。どうも要一のそぶりがおかしいと思ってはいたんですが」

「マスター、一体どういうことか説明して下さい。私、なんにも知らないので」

「ま、話としては簡単ですよ。三年前に私とあいつはここでこの店を持った。要一がくるようになり、どっちがどうしたのかわかりませんが、とにかくデキてしまった。で駈け落ちってわけです」

マスターの推測によると、ママと要一は自分たちの関係をカムフラージュするために、いくつもの小細工を弄していたのではないかという。

要一がつきあっている女性をわざとこの店につれてくる。わざとここで別れ話を切りだす。マスターは以前からふたりの仲が怪しいと様子をうかがっていたが、ほぼ半年前、そのことでママと大喧嘩になった。ママは否定したが、マスターの疑いはどうしても晴れず、気まずい状態を引きずっていたところに、あらわれたのが美那子であり、たまたま要一もいあわせた。そして、ママと要一はとっさの気転で美那子を自分たちに有利な手段として利用することを思いついた。つまり、マスターの手前、要一がはじめて本気でつきあう相手としての美那子。

マスターの推測に、半分はそうなのか、と思いながらも、あとの半分は要一をまだ信じようとする美那子がいた。だいいち、あの晩、誘ったのはこちらからだった。

また、彼が美那子の部屋であんなにもくつろいでいたのは、どうしても演技とは思えない。

恥をしのんで、そうした疑問をマスターにぶつけてみた。

「なるほどね、美那子さんから誘ったとすれば渡りに舟じゃないですか。それと要一が美那子さんの所でほっとした気分を味わっていたのも事実でしょうね。うちのやつとのことでへとへとになって、そっちへいってひと息つく、こういうことでしょう」

「じゃマスターの目をごまかすために、要一さんはほかの女性とつきあってたといいますけど、ママは平気だったのでしょうか。同じ女として私にはわかりませんけれど」

「要一はもともと年季の入った遊び人だからね。それにふたりにとっちゃ、それも適度な刺激になる。ただ要一はうちのやつと関係する前からしょっちゅう言ってましたっけ。おれはいいかげんな男だってね。そのたびに、うちのやつも慰めるというか、言ってました、私もいいかげんな女だ、と。まあ、実際、今となっては、そういう女だったんでしょうねえ」

マスターの話によると、この店を開くまで彼はもっとにぎやかな場所で結構はやっていたバーを経営していたという。当時のママは会社勤めをしていて、その店に足しげく通っていた。そして、ある夜、ふたりは酔った勢いでホテルにゆき、以来、割り切った大人のつきあいをしていたつもりだったのに、ママはマスターに離婚を迫りだした。

「すったもんだの挙句、私は女房と子供と別れて、この店をだした。前の女房も水商売の女ですから、そのへんはあきらめてくれるのが早かった。しかし、あいつは、あんなおとなしそうな顔をしてコワイ女ですよ。自分のほしいものはどうあっても手に入れるという女でね、考えてみると今回の件にしても要一は被害者かもしれないなあ。あいつはそんなに悪い男じゃなかった。ぼんぼん育ちなとこはありましたけどね」

マスターの話を聞きながら、美那子は要一の声をよみがえらせていた。

「おれはいいかげんな男なんだよ。嘘じゃない、本当なんだ」

もしかすると彼はしんそこから自分をそう見なし、やりきれなさをかかえていたのかもしれなかった。女性関係だけでなく、あるいは生い立ちにまでさかのぼるような心のむなしさや傷……。

彼の心の奥に病理のように巣食い、彼をむしばみつづけたその正体はなんなのか。だが何かが、彼自身の何かが、多くの説明をはぶいて、口癖のように、エンドレス・テープのように、そう言わせていたに違いない。おれはいいかげんな男なんだよ。

要一は、あるいは、理解されることなど望んでいなかったのかもしれない。訳知り顔で自分を理解したような態度をとる人間に言い返したかったのではないのか。

「そんな安易な理解したふうなんて、まっぴらだ。そんなに簡単に他人が他人の心をわかるものか」

彼はただ同類の相手を望んでいたのではないのか。堕ちてゆくことも、滅んでゆくことも、世間に背をむけてゆくことも、一緒に手を取りあってくれる相手を、その手のぬくもりを。

そしてママも言っていたという。

「私もいいかげんな女」

となると、理解者づらしていた自分は、彼がもっとも忌み嫌う人間だったのかもしれない。しかも、その底に、したたかな女の計算を働かせていたのも、彼はひそかに見抜いていたとも考えられる。手に手をとっていたのはママだったのだ。要一と唯一ハンド・イン・ハンドしていたのが自分だと思っていたこの数ヵ月は何だったのだろう。

美那子は打ちのめされた気持だった。

「マスター、駈け落ちして、要一さん、どうするつもりなのでしょう」

「何かをつくりだす仕事をやりたいと、よく言ってましたよねえ。絵描きになるのが夢だったとか、子供の頃からの。趣味で描いてはいたみたいですよ。そういえば、うちのやつをモデルにしたことがあった……」

「しおり」をあとにした。

マンションにむかいながら「きみは唯一の理解者だった」と言ったときの要一の顔を、声を、丹念に思い返す。

美那子に対する嫌悪も侮蔑も、どうしても感じられなかった。確かに、あの夜、彼はやや哀しげな目をして、感謝のひびきをこめてそう言ったのだ。美那子をあざむいていた申しわけなさもふくまれていたのかもしれない。

自分が右にまわったらよいのか、左にまわるべきなのか、わからずに途方にくれている人間はたくさんいる。彼はそんなタイプだとは思っていたが、じつは、ただそれだけでなく、彼は次から次へと手わたされる独楽だったのだ。手から手へと。

そして彼は、いっとき美那子の前で、独楽そのものとなって、まわってみせた。それが、いくつかの彼の正直な、けれど具体性のない打ち明け話だったに違いない。空転しつづける独楽のモノローグ。

演じる自分に熱中して、相手の素顔を見失っていた自分の浅はかさに、今になって美那子はようやく気づく。

ほぼ一年半前に別れた恋人の場合は、相手を遠ざければすんだ心の安らぎも、今度はそう簡単になだらかな気持にはなれそうにもなかった。要一という男のとらえどころのなさは、いつまでも哀しい謎として、美那子の胸によみがえりつづけるに違いない。

理解者……いまとなっては、そらぞらしい言葉だった。下心を持った理解者など、いるはずもない。彼があざむいていたと同時に自分も要一をあざむいていた。

「私もいいかげんな女なのよね」

苦笑まじりに、そう率直に口にしていたなら、要一はどう反応しただろう。

一年半前の恋人の別れ際の台詞が浮かんできた。

「お前は、どうしようもない、いいかげんな女だ。そのうちきっと痛い目にあうぞ」

だが美那子は自分で「いいかげんな女」とみずから口にしながらも、相手とともに堕ちてゆくほどの勇気は持ちあわせていない自分を知っていた。

自分の掌を見つめる。

そして両手で前髪をかきむしってみる。

ひそやかな夜の嗚咽のような、長く低いため息が美那子の口からもれだしていた。

あの最後の夜、要一がしたように。

スピーチ

花嫁が二回目のお色直しに披露宴会場をでていったあとも、残された新郎にむけて次々と祝賀のスピーチが述べられていった。

マイクを手に立ちあがる者の顔は、ほんのりと酒気をおび、スピーチの内容もいささか悪ふざけがまじりはじめている。

いま新郎の暴露話を得意気にしゃべっているのは、職場の同僚らしい。会社がらみの出席者だけで四つの円卓をしめ、ざっとかぞえただけで四十名ほど、あとの十卓は、両家の親族や学生時代の友人知人でしめられている。

スピーチが終り、マイクはいったん司会の女性の手にもどされた。彼女のユーモアに富んだ話術は、あきらかにプロのそれである。

「さて次は新郎新婦の親しいお友だちから、それぞれのエピソードを語っていただきましょう」

司会者の言葉を背中に聞きながら、私はすばやく席を立ち、ぶ厚いドアへ進んでゆく。会場をあとにしてドアを閉めたとたん、内側のにぎやかさは見事なくらいにかき消えた。

すわり心地のよさそうな布張りの椅子がそこここに置かれている、ドアの正面に広がるフロアには、だれもいない。私は会場の出入りの様子がひと目で見通せるななめ横の椅子に腰かけた。

パーティー用のバッグからたばこを取りだし、ティー・テーブルの上の灰皿の中のマッチで火をつける。マッチには、このホテルの名前が印刷されている。けむりを深々と吸いこみ、見知らぬひとびとに囲まれていた緊張感を、一本のたばこでやわらげようとする。

私はこの披露宴に、新郎の友人のひとりとして列席していた。彼とは六年来の飲み友だちだった。だがマイクをさしむけられたとしても、一体、どんな話ができるというのだろうか。

半年前、いつものバーの片すみで、彼から結婚すると打ち明けられたときの内心の動揺は、自分でも意外なほどだった。手ひとつ握ったことのない、まっさらな男友だち、そう思いこんで疑いもしなかった自分のはずなのに……ひそかにうろたえているのが、われながら、いまいましかった。

だから、この半年間、私は自分に言いきかせてきた。平然と晴れやかな表情で彼の披露宴に必ず出席するのだ、と。しかしスピーチの心づもりも、その準備もまったくしてこなかった。あるいはマイクは私を素通りしてゆくかもしれなかったが、その反対の場合を想像すると、もうそれだけで私の掌は汗ばんできた。何も、言えない。言うべき言葉が見当らない。

おめでとう、そう口にした瞬間、多分、私の顔面は醜くゆがんでしまうのではないのか、その恐怖からのがれるように会場からでてきてしまったのだ。

たばこを半分ほど吸ったころ、私と同年代の男性がこちらにむけて廊下を歩いてきた。会場のドアの前にしばしたたずみ、迷いの表情でためらっている。男性は、それから私の姿に気づき、やはり困惑の顔つきで近づいてきた。

「あのう、失礼ですが、あなたもこちらの披露宴に？」

「ええ」

「スピーチはもう終わりましたでしょうか。いえ、余興に入ったのかと」

「さあ、私もスピーチの途中で中座しましたので」

男性は一瞬考えるまなざしになり、唇をきつく一文字に引き結び、次に、私の横の椅子を手で示して「よろしいでしょうか」とたずねた。どうぞ、と私も社交上のほほえみでうなずき返す。

椅子に深く体を沈めた男性は、ひとり言のようにつぶやきはじめた。花嫁側の出席者であること、彼女とは職場の先輩・後輩の間柄、彼女が入社したての数年前から妹のように可愛がっていたこと、だが彼女からは恋人がいるという話はいっぺんも聞かされたためしがなく、半年前にいきなり結婚すると告げられ、少なからぬショックを受けたこと……。

「彼女の花嫁姿がまたじつに美しい。ぼくは妙に胸がいっぱいになって。ところが順番にスピーチしなくてはならなくなって、あわててトイレに逃げこんだわけです」

私は彼の横顔を盗み見た。かすかなつらさがにじんでいた。三十一、二歳といったところだとすると、私とは一、二歳のひらき。

「友だちのように、あるいは妹のように自分では思っているつもりでも」

彼の気持を代弁するようにそこまで言ってから、私は、小さく息を吸いこむ。

「心のどこかで異性として好きになっていることもありますものね。愛とか恋というハッキリとしたかたちではないけれど、そのひとが結婚すると知って、そこではじめて自分の感情に気づく、そんな淡い想い」

いぶかる彼の視線に、私はまなざしに笑みをこめて答えた。

「私は新郎の飲み友だちとして出席しました。でもあなたと同じくスピーチをする、たったそれだけの度胸は持てなかった」

彼の口もとが、やわらかくほつれた。

「おたがい、もはや、そう若くはないのに……いや、すでに十代ではないという意味ですが……いくじなし同士ですか」

「何を、どうスピーチしたらいいのか……」

「そのとおりです。ぼくなんか泣きだしてしまうのじゃないか、いえ、これは冗談ですが」

「または突然に新郎をその場で口説きだしたり」

「未練たらたらのスピーチになったり」

私たちは顔を見あわせ、吹きだした。

私はたばこを灰皿の底でもみ消し、立ちあがった。

「もしよろしければ、いくじなし同士で傷心の乾杯でもしませんか」

そして、並んでホテル内にあるバーへむかっていった。

胸さわぎ

悠子がSデパートの経理部に勤めてから、ひと月がすぎた。

正規採用ではなく時間給で、朝十時から夕方六時までの拘束である。他の社員より帰りが一時間早い。

商社マンを夫に持ち、子供のいない二十九歳の悠子が働きにでたのは金銭的な理由からではなく、生きがいを求めてでもなく、また単なる退屈しのぎからでもなかった。

いまの悠子には夫以外に関心をむけるものを必要とした。

夫とその愛人のことを、少しでも考えずにすむような状況に自分を置いておきたかったのだ。

五月も末のその日、悠子は社員食堂のすみのテーブルにつき、話相手もなく日替りランチの昼食をとっていた。

社員食堂はSデパートの最上階にあり、窓際のテーブルからは、街中が一望に見わたせる。

悠子はゆったりとした箸づかいで中華風の野菜炒めを口に運びながら、ななめむこうの窓に目をやった。

薄い雲がまだらに浮かんでいる青空の美しさに、つかのま見とれる。見とれている自分に気づいて、悠子は凍(い)てついていた心が、このひと月のうちに、わずかながらほぐれてきたのを感じた。

外界を眺めやる余裕など、ここしばらくなかった。

夫の大介(だいすけ)と相手の女性のことばかりが頭に渦巻き、心にはつねに鈍い痛みがはりついていた。

「ここ、よろしいですか」

そう声をかけられ、悠子はあわてて視線を手前にもどした。

同じ経理部にいる友沢(ともさわ)が、湯気の立つ丼(どんぶり)をのせたトレイを手に、目の前にたたずんでいる。

「ええ。どうぞ」

友沢の名前と顔は知っていたが、言葉をかわしたことはない。席もはなれていた。

割り箸を音を立てて裂(さ)き、天ぷらうどんの丼のふちに片手をあてがいながら、友沢はつつみこむような深みのある声で言った。

「堺(さかい)さんがきてくれて経理部は大助かりですよ」

「でも私はこれといった仕事はしていませんけれど。雑用のお手伝いぐらいですもの」

「いや、その雑用がありがたい。最近は女性をそんなふうに使ったら、たちまちに抗議されますから。その点、堺さんはいやな顔ひとつせずにコピーを取ってくれたり、積極的にお茶をいれてくれたり、使い走りのようなことまで文句を言わずにやってくれる。ずいぶんと仕事がなめらかにゆくようになりましたよ」

素直にうれしかった。

大介が他の女性に心を移したと知ってからというもの、悠子は自分がなんの価値もない人間なのではないか、と自問しつづけてきた。だが友沢の言葉は悠子を励まし、勇気づけてくれた。

「これはぼくだけの感想じゃありません。経理の男たち全員の気持です」

「そう言っていただけるとほっとします」

友沢は三十二歳の大介とほぼ似たような年齢のようだった。だが外見はまったく違う。おしゃれでスマートな大介にくらべると、友沢は比較すること自体が気の毒なくらい洗練されていなかった。百六十センチちょっとの悠子と同じくらいの身長に、ずんぐりとした体型が、何を着ても野暮ったくさせてしまうのだろう。

だが彼のしゃべり方は魅力があった。深みのある声質に加えて、独特なやさしさがこめられている。

ランチを食べおえ、緑茶をすすっている悠子に、友沢は箸でうどんをすくいあげながらきいてきた。

「ところで堺さんのご主人はA商社にお勤めとか」

「はい」

「失礼な言い方ですが、あの会社の給料なら堺さんが働く必要はないのじゃないですか。それに本格的に仕事をしたいのなら、何もパートの雑用係ではなく、もっと条件のいい勤め口があるでしょうに」

「特別な資格も技術もありませんし……それにいまのお仕事、私、満足しています。夫の帰りを待つだけの生活より、よほど張りがありますから」

「なるほど。堺さんはつつましい性格なんですね。うちのやつなどは目の色を変えて仕事に夢中になってますよ。夫のぼくなどほったらかしにして」

「友沢さんの奥さまは？」

「グラフィック・デザインの会社、いや、事務所という程度の代物ですが、一応、責任者ということになっています」

「お子さまは？」

「ぼくはそろそろほしいのですが、まあ、当分はむりでしょうね。うちのやつがあんな状態ですから……堺さんのところは結婚して何年ですか」

「……三年半になります」

「じゃあ似たようなものだ。うちは四年です」

友沢はうどんを汁まできれいにたいらげ、ズボンのポケットからハンカチを取りだして、額の汗をふいた。紺色の無地のハンカチは、しわくちゃだった。もう何日も使いつづけているのが、ひと目でわかる。友沢の妻が夫をほったらかしにしている、というのは、あながち誇張ではないらしかった。

それに引き換え、大介を他の女性に奪い取られるかもしれないと不安な日々を送りながら、毎朝アイロンをかけたハンカチを手わたしている自分を、悠子は卑屈にも、みじめにも感じた。

ハンカチをふたたび無造作にズボンのポケットに押しこみ、友沢は屈託のない口調でたずねた。

「堺さんのところはお子さんの予定は？」

のどかにそう言ってから、彼はあわてて質問を取り消した。

「立ち入ったことをきいてしまいました。そうですよね、パートにでるくらいなのだから……」

悠子は顔がゆがんでゆくのを抑えきれなかった。子どもをうみたい、そう思いはじめた時期と、大介が他の女性とかかわった時期がかさなっていたことが、ふいに思い出されてきたのである。その時期とは昨年の夏だった。

悠子の願いを、しかし大介は巧みにはぐらかしつづけた。疲れを理由に夜の生活をやんわりと拒み、しかし悠子もまた他の女性の存在など思ってもみなかった。あれほど大介の女性関係に不安をいだいていたはずなのに、結婚してからの三年間、具体的な問題はなかったという事実に、つい気をゆるめてしまったのだ。大介の言動に対して、何かおかしい、とたえずアンテナを張りめぐらしていた胸さわぎが、あのときはなぜか生じなかった。

友沢を前にして、唐突に悠子の目のなかに熱いものがひろがりはじめた。だれにも打ち明けられなかった半年間の苦悩とつらさをおおっていた膜に、小さな穴がうがたれてしまったようだった。

友沢の目に狼狽の色があらわれた。

「堺さん、ぼく、何かひどいことを……」

無言で首を横に振りながら、悠子は化粧ポーチを引き寄せて、ティッシュを取りだした。

大介とは職場結婚だった。入社したての頃の悠子は、彼がいかに女性社員の憧れの的であるか、その人気のほどに驚くと同時にすぐに納得もした。

モデルのような抜きんでた容姿に、K大卒の優秀な頭脳の持ち主で、当然のことながら仕事はできる。同性の評判も悪くはなかった。こういう男性と結婚できたら、とたいがいの女性が夢見る要素を、大介は見事なくらいあわせ持っていた。

大介にまつわる社内の浮いた噂もいくつもあった。どこまでが事実なのか、確かめようもなかったけれど、悠子が彼の恋人になってからも、別の女性との噂があちこちから流れてきて、悠子を苦しめた。

そのたびに彼は表情も変えずに悠子の疑念をあたまから否定した。

「それは無責任な噂だ。おれを信じてくれ」

だが悠子はたえずおののいていた。大介が自分を恋人として選んだこと自体が、いまだに不可解な謎であり、自分は彼にあたいする女ではないという引け目が胸にはりついて、はなれなかった。

積極的に近づいてきたのは大介のほうからである。悠子が入社して一年もたたないうちに、彼はさまざまな口実をもうけては悠子を食事に誘ったり、飲みにつれだした。大介は饒舌(じょうぜつ)ではなかったけれど、口にする言葉はユーモアとウィットにとんで、そのたびに悠子は心をときめかせた。

何回かデートをかさねたあと、大介はきまじめな顔つきと口調で言った。

「あらためてこう言うのもおかしいけれど、おれとつきあってくれないか」

うれしさに顔をほてらせつつ、悠子はたずねずにはいられなかった。

「私、本当に堺さんにふさわしい人間でしょうか」

大介は悠子の手を軽く握り、ほほえんだ。

「そういうことをきくきみがいいんだ」

ふたりの関係は社内のひとびとには知られぬままつづいていった。が、だからこそ大介の女性にまつわる、かずかずの噂が悠子の耳にもストレートに届いてくる。そのいくつかは根も葉もないことだ、と自分に言い聞かせ、大介には黙って悠子は耐えた。だが黙視できない内容の噂もあり、それはきまって、どうしてもかき消せない胸さわぎがともなった。そんな場合だけ、彼に真偽のほどを遠慮がちに問いかけた。そのときにも悠子は女としてのレベルの引け目が働いて、激しくなじったり、泣きわめくことはできなかった。目と声にだけ哀しみがこめられた。

つきあって一年半たったある日の夕方、会社のロッカー室の片すみから、得意気にしゃべる声が伝わってきた。

「もうここまでくれば、堺さんは私のものよ。ぜったい自信ある。あとは結婚にこぎつけるだけ」

声の主を知りたいとは思わず、反対に悠子はロッカー室をとびだしていた。翌日まで待てずに、同じ日の夜、悠子は大介のもとに電話をかけ、耳にした言葉をありのままに語った。はじめて涙声になっていた。

大介はそれについては否定も肯定もしなかった。悠子の話をひととおり聞いてから、彼は力強く断言した。

「わかった。おれはきみと結婚する。さっそく準備に取りかかろう」

悠子の胸にはわだかまりは残ったけれど、結婚のひと言はそれをむりやり押しやってしまった。

挙式までの一年間、ふたりの仲が社内中に公表されても、悠子はまだびくついていた。いつどんでん返しが起きないともかぎらない、はたして無事に挙式にまでたどりつけるのだろうか。

「じつは話がある」そう大介が深刻な表情で切りだしてくることを、悠子は怖れつづけた。実際、その一年のあいだに、確証はないけれど、わけもなく胸さわぎをおぼえたときは二、三回あった。

結婚と同時に悠子は会社を辞め、主婦業に専念することにした。大介はどちらでもかまわないと言ったが、悠子は共働きはしたくなかった。働くのがいやなのではなく、大介から目をはなしたくない一念からである。勤めにでれば、仕事で疲れたぶんだけ彼をなおざりにしてしまいそうだったし、その結果、彼が妻としての悠子に不満をいだき、他の女性に気持をそそられる危険が多くなる……。

三年間、これといった破綻もなく結婚は順調にいっていた。表面立った問題はない、という順調さで。しかし悠子は半年にいっぺんは、激しい胸さわぎにおそわれた。それは自分の勝手な取りこし苦労にすぎないのか、実際に大介の身辺に女性が出没しているのか、判断はつかなかった。独身の頃から大介は仕事に追われて帰宅は遅かったし、土・日曜日を返上しての出社も珍らしくはない。

胸さわぎの強さのあまり、いちどだけたずねてみたりもした。

「もしかして私に話したいことがあるのではないですか」

大介は不思議そうに見返した。意味がわからない、とその表情は言っていた。

女性から電話がかかってきたのは昨年の夏である。そう若くはない声はおだやかに悠子が大介の妻だと確かめたうえで言った。

「ご主人と別れてはいただけませんか。ご主人もそう願っています。私たちは真剣なのです」

とっさに悠子は電話を切っていた。胸さわぎという前兆なしの予想外の事態だった。

電話は数日置きに五回ほどつづき、ついに悠子は大介にきいた。必死に冷静さを装った。

期待に反して彼は無言を決めこみ、沈痛な面持ちで視線をあらぬかたに投げかけた。

「どういう女性なのですか。いつからのおつきあいなのですか。あなたは私と別れたいのですか」

どの質問にも答えず、やがて大介は苦しげに言った。

「時間をくれないか。いまのおれは何も言えない」

浮気ではなく本気なのだ、その考えは悠子を打ちのめした。つねに胸さわぎを感じ、おびえつづけてきたことが現実になってしまった。しかも皮肉にも、今回はなぜに胸さわぎをおぼえなかったのか。

残酷な状態がつづいた。ふたりはこれまでと同じ毎日をすごしていたが、会話はほとんどなく、大介の結論はあれから十ヵ月がたった現在もまだだされていなかった。

昨年の秋の終りに、悠子は軽度の鬱病におちいり、病院からもらった薬をのんだりもした。そして医師のすすめもあり、働きにでることに決めた。大介は反対も賛成もせずに「すまない」とだけ口にした。

Sデパートの経理部を紹介してくれたのは、悠子の大学時代の友人だった。その彼女にも事情は打ち明けていない。

友沢に不覚にも涙を見せてしまった数日後、悠子は遅い昼食を社員食堂でとっていた。会議用の資料をコピーしたり、ホチキスでとめたりといった作業を、昼休みの五分前に、いきなり言いつけられたのである。どうしてこんなにも突然に、そう思いながらも、悠子は口答えもせずに黙々とやりこなした。「経理部は大助かりだ」と言ってくれた友沢の期待に応えたかったし、感情的に涙ぐんでしまった失態をおぎないたくもあった。

社員食堂には、かぞえるぐらいのひとしかいない時刻だった。チャーハンを食べながら、悠子は漠然とこれから先の生活を考えた。病院通いをしはじめたときも、大介は「すまない」をくり返し、いつわりとは思えない、つらい表情を見せた。彼も十分に苦しんでいる。正確な月日はわからないけれど、相手の女性とかかわったときから、彼は悩んできたに違いない。

「ああ、堺さん、やっぱりここだったの」

背後で友沢の声がすると同時に、テーブルの反対側に彼が立った。

「助かったよ。会議の資料がまにあって」

言いながら彼は椅子に腰かけた。

悠子はちょっとばつの悪い心地になりながら、数日前に取り乱したことをわびた。

「別に友沢さんが原因ではありませんのに、私、どうかしてました」

「いいよ、気にしていない……それよりも、堺さん、悩みごとでもあるの？……あ、また立ち入ったことをきいてしまった、ごめん」

そのとたん友沢はくしゃみをし、あわててズボンのポケットからハンカチを取りだした。数日前に見たのと同じ紺色のそれで、あのときよりさらにしわくちゃになっていた。不潔感ではなく妙な哀れさを悠子は感じた。

「友沢さんの奥さまは本当にお忙しい方のようですね」

友沢は泣き笑いのような複雑なほほえみを浮かべた。

「そのうち堺さんの耳にも入ると思うけど、じつは別居中なんですよ」

「別居？」

「お恥かしい話ですが、女房に男ができましてね。うちのデパートに女房の友だちがいて、この話はもうすっかり知れわたって。おかげでぼくはいい笑いものになってますよ」

「笑いものだなんて、そんな。ご夫婦のことは他人にはわからないと思いますけれど」

「早い話、女房にはぼくのような男は物足りなかったんです。これぱかりは、いくら努力しても変わりようがない」

しかし悠子からすると友沢は大介にはない安心感を与えてくれるタイプだった。大介との生活を振り返ってみると、しみじみとそのことが痛感させられた。

友沢の率直さにつられるように、悠子も思わず言ってしまっていた。

「私も夫にとっては物足りない妻のようです」

「堺さんが？　まさか。いい奥さんだろうとぼくは見てますよ。仕事ぶりからしても、ひとと接するときの態度や口調からしても、素直だし、とてもまじめじゃないですか」

「そこが物足りなく感じる男性もいますでしょう」

「そうかな、そういうものかなあ」

しきりにひとりで感心してから、友沢は真顔でたずねてきた。

「堺さんのところは恋愛結婚？」

「ええ」

「うちもそうですよ。奇妙な話ですよね。恋愛時代に相手のことはよくわかっていたはずなのに、たがいのよさを認めあっていたはずなのに、結婚すると物足りない夫なり妻になってしまうとは」

その日、六時に仕事を終えた悠子はハンカチ売場に立ち寄った。友沢の、あのしわくちゃなハンカチは、笑いものになっているという彼の立場を、いっそう裏づける小道具になっているみたいで、見ているだけでつらさをおぼえる。

色柄の異なる男物のハンカチを三枚選び、やや迷ってから五枚にした。

翌日、友沢は社員食堂にあらわれなかった。少くとも悠子がそこにいた時間にはかちあわなかった。

化粧ポーチにしのばせたハンカチの包みを彼にさしだしたのは、三日後だった。やはり社員食堂で、ごく当り前のように悠子の姿を見つけた友沢が、トレイを手に同じテーブルにむかいあってすわったとき、人目を気にしながらそっと包みを取りだした。しんそこから喜んでいる顔つきだった。

中身をのぞいた友沢は目を輝かせると同時に大きな笑顔をひろげた。

「女性からこういうプレゼントをされるのは、はじめてですよ。いや、うれしいな。ありがたくいただきます。使うのがもったいないくらいだ」

手放しの喜びように、悠子も思わず口もとがほつれた。何をプレゼントしても反応にとぼしい大介と違い、友沢のストレートな表現は悠子の目には新鮮にうつった。大介の反応の薄さは、女性からのプレゼントをもらい馴れているからだと悠子は知っていた。

昼食時の社員食堂で、もはや悠子はひとりきりではなくなった。隣にはいつも友沢がいた。

「友沢さん、いくら別居中だからといって人妻を誘惑しちゃいけませんよ」

そうからかう年配の女性もいたが、それはあくまでも冗談の口調であり、他のひとびとも余計な詮索はしなかった。噂にもなっていないらしい。

友沢が開けっぴろげに悠子に声をかけるせいもあったのだろう。昼休みになるたびに彼は近寄ってきて、だれがいようと大声でこう言うのだった。

「堺さん、食事にいきましょう」

友沢の昼食は、たいがい蕎麦かうどん、それと比較すると悠子が注文する品はボリュームもあり、カロリーも高かった。

「そんな高カロリーのものを食べても、堺さんはスリムでいいですね。太らない体質なんですか」

「夕食はほとんど食べないのと同じですから」

「へえ、夕食抜き。それが堺さん流のダイエット？」

「いいえ。夫が夕食はそとですませてくるので、しぜんとそうなりました」

もう何ヵ月も前から大介の残業は連日であり、会社で出前を取っているとのことだった。

事実かどうかはわからない。

「じゃあ堺さんのところは、ご主人と一緒にいる時間はあまりないってことですか。土・日はご主人が休みで、堺さんは仕事。木曜の定休日はご主人は会社にいる……まあ、ぼくもうちの女房とはすれ違いの生活でしたけれどもね」

「友沢さんの趣味はなんですか」

「川釣りです。釣った魚はすべて川にもどしてしまうという、へんな釣りですよ」

「私は趣味らしいものがひとつもなくて……」

言いながら悠子は、自分の趣味は、あるいは大介だったのかもしれない、とふいに淋しく思い返した。

社員食堂ですごす一時間だけが、ふたりの会話のひととときだった。

それ以外に友沢は悠子を誘おうとはしなかったし、正社員とパートの退社時間にもずれがある。

だが、友沢はけっこう話好きで、それにつられて悠子もふだんよりは口かずが多くなり、昼休みの一時間は密度の濃い気晴しだった。

ときどきは他愛のない話題で盛りあがり、そんななかで、悠子は久しく忘れていた笑いを取りもどしもした。笑いすぎて目尻に涙がしみだした悠子を見て、友沢は自分の笑いをとめ、意外そうな表情で言った。

「堺さんもこんなに笑うことがあるんですね。腹の底から笑うことのないひとのように思ってましたよ」

確かに大介といて、これほどまでに大笑いしたためしはなかった。笑いだけではなく、会話の量も友沢とのそれとくらべると、ろくに話をしていなかったような気さえしてくる。友沢は飾りけのない、まっすぐな性格だった。他人の悪口は聞いたことがない。男性としての野心も出世欲も希薄な性分で、そうした点が、彼の妻には物足りなかったのかもしれなかった。大介が独身型の男性なら、友沢は家庭むきの男性といえた。

悠子が大介の女性問題を友沢に語ったのは、ひと月たった六月の末である。友沢の伝票整理の手伝いをしたために昼食は大幅に遅れ、社員食堂は閑散としていた。食堂の窓ガラスには大粒の雨がたたきつけられ、昨夜からつづいている荒れ模様だった。話のきっかけは、友沢の別居中の妻が離婚を申しでてきたことからはじまった。

「別居して一年、長いのか短いのかはわかりませんが、もうぼくはあきらめるしかないようです。むこうの意志が固くて、話しあいの余地がないもので」

友沢の表情は淡々としていた。

「離婚に同意するのですか」

「仕方がありません。最後ぐらい男らしくふるまいたいという、ささやかな意地もありましてね。ここでごねたら、きっともっと笑いものになりますよ」

同情と慰めの気持がわきあがってきた。他人事ではなかった。自分だって、いつ大介から離婚をつきつけられるかもしれない立場にいた。

「友沢さん、私も似たような状態にいるのです」

そして悠子は、そう若くはない女性の声の電話のことから、大介がいまだに結論をださずにいること、さらに相手の女性と別れた気配はないことなど、簡潔ながらも洗いざらい打ち明けた。

そのあいだ友沢は痛ましげなまなざしで悠子を見つづけた。

「……でも、あの鬱病を乗り切ったときから何かが変わってきました。もう二度とあんなつらい病気にはなりたくない。だから夫からどう言われようと、ひどいショックを受けないだけの心の準備をしておきたい、そう思っています」

つかのまの沈黙ののち、友沢は励ましの口調で言った。

「ご主人は相当に迷っていると思いますよ。堺さんへの愛情は変わっていないのじゃないかな」

「会社内でのキャリアに傷がつくからではないでしょうか、離婚ということで」

「最近はそういうことは、たいした問題ではなくなっているはずですよ。まあ、ぼくにこんなことを言う資格はありませんが、結婚生活にはいろんなトラブルがつきものじゃないですか」

「友沢さん、私はどうしたらいいのでしょう」

一瞬、友沢は困惑した顔つきで押し黙った。

「堺さんにぼくの二の舞いはふませたくないけれど……堺さんがまだご主人を愛しているのなら、待つしかない」

「結局は離婚を言われても、ですか」

「堺さんのほうからご主人に別れてくれ、と言えますか……ぼくは言えませんでしたよ、むこうがそれを要求してくるまでは。こういう状況になったときは、より相手を愛している者が負けになるみたいですね」

それから友沢は嘆息をつき、腕を組んで椅子の背にもたれた。

「堺さんもぼくと同じような問題をかかえていたなんて……堺さん、結婚してから他の男性に心を奪われたこと、ありますか」

「いいえ。いちども」

「ぼくもそうです。結婚してから、いっぺんも浮気したことがない。恋愛中のときからね」

「友沢さん、これだけはわかって下さい。私は意地になって夫にしがみついているのではありません」

「でしょうね。さらに言うなら優柔不断のまま迷っているのでもない」

「……希望を……捨てたくないのです」

その日から、友沢のなにげない言動のはしばしに悠子をいたわるそぶりが見えかくれするようになった。

彼自身も離婚の痛手を負いながら、悠子の前ではひと言も弱音を吐かず、できるだけ明るく楽しい話で気をまぎらわせてくれようとする。

あるいは彼は、苦しんでいる悠子に手をさしのべ、やさしくすることで、自分自身の心の傷をいやそうとしているのかもしれなかった。

といっても、友沢のいたわりは、社員食堂の一時間だけにかぎられていた。冗談めかしてアドバイスもしてくれた。

「ヒステリックになってはいけませんよ」「ご主人にいや味や当てこすりは言わないことです」「ヤケにならないように」

こまやかなやさしさだった。

そのたびに悠子は大介と結婚するにいたった経緯を思い返した。

ロッカー室で耳にした女性の話を大介に伝えたとき、彼はそくざに「わかった。おれはきみと結婚する」と断言した。

その女性との関係については、ついに弁解も説明もなく、悠子の心にしこりを残す結果となった。

あの断言の仕方もまたひとつのやさしさだったのだろうか。

しかし欲張るのなら、悠子は結婚のひと言とともに、女性との関係もめいっぱい否定してもらいたかった。事実はどうであろうとも、大介の口から徹底して打ち消してほしかったのだ。

今回にしても同じことが言えた。

相手の女性について、大介は無言をきめこんだ。

「時間をくれないか。いまのおれは何も言えない」

だが、つらくとも悠子は聞きたかった。すべてを知る勇気はないけれど、おおよその輪郭にはふれておきたい。さらに苦しみはますかもしれないけれど、しかし、そのぶんだけ大介を信頼する気持の支えにもなるはずだった。話してくれた、というその行為だけで。

大介の省略には、悠子への思いやりと同時にずるさが感じられた。

友沢のこまやかなやさしさを知ったいま、これまで考えもしなかった大介のずるさがほの見えてきた。

大介を愛しつつも、憎んでいる自分が、ようやく自覚された。

大介の女性問題があかるみに出て、まる一年になろうとする夏を迎えた。

いつものように友沢とともに社員食堂で昼食をすませ、オフィスにもどろうとしたとき、横に並んで歩いていた彼が遠慮がちに言った。

「もし予定がなかったら、今夜、飲みにでもいきませんか」

はじめての、しかもいきなりの誘いに悠子はとまどった。

その気配を察して、あわてて友沢はつけたした。

「いや、都合が悪いのならいいんです。今夜なんて、あんまり突然ですものね。それに、ぼくの帰りは堺さんより遅いから、待たせてしまうことになる」

ひと呼吸置いてから、悠子は答えた。

「……待つのはかまいません……平気です」

「じゃあ、むかいのMビルの地下の喫茶店で。できるだけ早く仕事を切りあげますから」

「雑誌でも読んでますから気にしないで下さいな」

夕方の六時すぎ、悠子は指定された喫茶店にむかった。

コーヒーを頼み、新聞や雑誌のあるコーナーから、女性誌を一冊持ってくる。

雑誌をめくりながらコーヒーを飲み、最後のページまできて、腕時計をのぞく。三十分がすぎていた。

雑誌をコーナーにもどし、ふたたび席についた悠子は、ぼんやりと想像をめぐらせた。

友沢はどんな店につれていってくれるのだろうか。彼の馴じみの店だろうか。

大介の帰宅は十一時前後だから、十時には帰っていたい。

いや、たまには大介のことなど忘れて、少し夜ふかししてもいいではないか。

彼だって好き勝手をしているのだから。

その瞬間だった。

しばらく味わわずにいた胸さわぎにおそわれた。

激しい胸さわぎだった。

悠子はうろたえた。

動揺する気持を懸命に抑え、自分の胸に問いかける。

胸さわぎの対象は大介ではなかった。

友沢にむかってゆく。

今夜、彼と飲みにいったなら、と心は悠子に告げていた。もしかすると彼を好きになってしまうかもしれない……。

とっさに悠子は腰を浮かせた。

伝票を手にレジ台へ進む。

自分にはできない、それだけがわかっていた。

何ができないのか。

大介を裏切ることなのか、夫のいる自分に友沢をかかわらせてしまうことなのか、その挙句、友沢を傷つけ苦しませることなのか、友沢と関係して大介に復讐することなのか。

階段をのぼり、路上にでた悠子は足早に地下鉄の駅めざして歩きはじめた。

自分の臆病さがくやしかった。

そのくやしさは、次第に大介への恨みと憎しみにすりかわりだした。

悠子は胸のなかで叫んでいた。

あなたはなぜ妻の私だけを愛してくれないのですか。

同居人

きのうまでの春のうららかな陽気を裏切るようなどしゃぶりの雨が、朝からつづいていた。雨にともなって気温もぐんとさがったらしく、Tシャツに綿のトレーナーの重ね着だけでは、背中にうそ寒さをおぼえる。

四月も第一週の火曜日、朝寝を存分に楽しんだ佐世子がベッドから起きだしたのは、十時半に近かった。勤務先のT不動産は、火曜日が定休日で、佐世子は総務に所属する。

部屋をでて居間を横切り、カウンターで仕切られたキッチンにゆくと、流しに牛乳を飲むのに使ったらしい汚れたグラスと、からになった一リットル入りの牛乳パックがころがっていた。

このところ外山雄治は使用したものの跡始末がいいかげんで、だらしがなかった。おとといも浴室のシャンプー容器のキャップがはずされたままになっていたし、その数日前は深夜の帰宅途中で買ってきたらしい肉まんじゅうの食べかけが、キッチンの電子レンジのそばに投げ置かれていた。

会社の仕事に追われ、片時もそれが頭からはなれなくなると、急速に生活面のことがないがしろになるのは外山のいつものくせだったけれど、佐世子は黙って目をつむる気にはなれない。

同居人であるからには、最低限のルールを守って当然だろう。

それぞれの個室はどれだけ散らかしてもかまわないけれど、キッチンや浴室、トイレといった共有部分の使用後の配慮は怠（おこた）らないでもらいたかった。

ことあるごとに念を押しているのだが、佐世子の監視がゆるむのと、外山の忙しさがかさなってくると、きまって住まいのあちこちに、彼のうわの空の痕跡（こんせき）が置き去りにされるようになる。

文句を言いたくても、すでに外山は出勤したあとで、きょうに限らず、最近はすれ違いが多い。だが彼が増長しないためにも、注意書きをメモして、彼の部屋のドアにはりつけておいたほうがよさそうだった。

大ぶりのパーコレーターに二杯分のコーヒーをセットしてスイッチを入れると、佐世子は自室に引き返し、押し入れの下段におさめたプラスチックの衣裳ケースから、丈の長い毛糸のカーディガンを取りだしてはおった。室温が冬にまいもどったように低くなっている。

キッチンにもどりがてら、ベランダのレースのカーテンを左右に開けきった。雨のせいで室内は陰気に薄暗く、こんな日は陽よけのレースのカーテンは無用の長物（ちょうぶつ）になりはてる。

雨脚の激しさはつづいていた。空には重苦しい灰色の雲が低くたれこめ、陽ざしを予感させる雲の切れ目はどこにも見当らない。

このどしゃぶりなら西村美咲(にしむらみさき)は約束をキャンセルしてくるのではないか、と佐世子はつかのま期待した。

昨日、美咲は佐世子の職場に電話してきて、外山のことでどうしても相談に乗ってほしい、と沈痛な口ぶりで取りすがるようにして頼んできた。

佐世子はむげに断われなかった。

美咲には好感をいだいていたし、これまで二回会った印象では、外山にはもったいないぐらいだと、そのつど新鮮な信頼感を深めていた。

明るく、まじめ、そして礼儀正しく聡明(そうめい)な二十三歳だった。

佐世子と外山はともに三十歳、ただし外山が美咲に言いつくろい、彼女もまたそう信じているが、佐世子と外山は従兄妹(いとこ)などではなく、まったくの他人同士である。

といっても、この2DKの賃貸マンションを借りた三年前の四月の時点では、ふたりは結婚を前提にして同居をはじめた。

パーコレーターのコーヒーをマグカップに移し、その場に立ったままひと口すすりながら、約束は午後二時だった、と佐世子は頭のなかで反芻(はんすう)する。美咲は、午前中は出勤し、午後は早退させてもらう、と言っていた。美咲が勤めているのはN大学の付属病院、某教授の秘書だと聞いていたのだが、何科のなんという名前の教授であったか、記憶は不鮮明にうずくまったままだった。

はっきりとした勤務先を思い出せれば、こちらの都合が悪くなったと電話もできるのだが、佐世子は適当に聞き流していたため、どう頭をひねってもヒントさえ浮かんでこない。

あとは美咲がこの悪天候に訪問の意欲をくじけさせてくれるのを待つばかりだった。

私が美咲なら、と佐世子はマグカップを手にベランダへ進む。自分のほうからどんなに強引に頼んだにしても、こんな雨のなかを外出する気にはならない、相手に嘘をついてでも、日延べをしてもらう。

きのう電話でいったんは承知したものの、きょうになって気が変わったのには、これといった理由はない。相談を持ちかけられるうっとうしさ、面倒くささに急に気持がふさいできただけだ。

外山にかかわることだからではなく、しいていうなら、雨のせいかもしれなかった。ベランダをさえぎる雨だれ、正午前というのに暮れどきに似た室内の薄暗さ、四月にふさわしくない寒さ、この気のめいる三要素に加えて、切迫した口ぶりの相談ごとなど喜ばしいはずもない。

私ならやめる、佐世子は美咲にかわって、もういちど胸のうちで念じた。

しかし、どこまでもまじめで礼儀正しい美咲は、自分から申し出たことに勝手な都合をつけて反故にはしなかった。

午後二時きっかりに玄関チャイムが鳴り、落胆を社交性の微笑に切りかえた佐世子がドアを開けると、防水のきいたベージュのトレンチ・コートを着た美咲が、顔色も悪く、ふるえながらたたずんでいた。

十分早くマンション前に到着し、二時ちょうどになるまで路上の角に立っていたのだという。

「マンションの玄関ロビーですと、管理人さんに不審に思われますし、佐世子さんに迷惑がかからないとも限りませんし、それで……」

玄関口でコートをぬぐのはともかく、しずくのしたたる傘を、バッグから取りだした透明ビニールの袋におさめるといった周到さを示して佐世子を感心させた美咲は、居間に通されてひと息つくと、紙袋からみやげの箱をさしだしてきた。

「お口にあうかどうか」

若い女性に人気のあるR洋菓子店のレモン色の包装紙だった。美咲の職場のN大学病院からこの店に寄るには、電車を乗りかえなくてはならない。

佐世子はとっさにつぶやいていた。

「こんな雨なのに、わざわざ遠まわりしてこれを？」

美咲はその言葉だけで苦労がむくわれたとでもいいたげな清潔な笑顔を、つつましくひろげた。

「佐世子さん、ケーキがお好きだと外山さんからうかがってましたので」

「ありがとう、うれしいわ。さっそくいただくわね」

美咲と同年輩の職場の後輩たちに聞かせてやりたいぐらいの、足まめでこまやかな気くばりに感嘆しながら、佐世子は手早く紅茶を用意した。

菓子箱の中身はオーソドックスな苺を使ったショートケーキをはじめショコラ、抹茶味のムース、生クリームのかかったプリンなど趣向の異なる五品がおさめられていた。

居間には二人掛けの長椅子のほかに椅子はなく、ふたりはテーブルをあいだに絨毯の上にじかにすわった。

ケーキと紅茶を賞味するひとときがすぎ、佐世子が三杯目の紅茶をいれてキッチンからもどってくると、美咲はいくらかくずしていた膝をただし、その上に花柄のハンカチを握りしめた両手を乗せていた。色違いとはいえ、ブラウスも花柄、これまで二回会ったときも、何かしら花に関連したいでたちだったと佐世子はあいまいな記憶をなぞる。

美咲の表情は明らかに緊張していた。ケーキを食べていたときとは一変して、奥歯をきつくかみしめた顔つきに、悲痛な決意のようなものが感じられる。

美咲が切りだしやすくするため、佐世子は自分から彼女の用件にふれた。

「雄治さんについての相談って、何かしら」

「……本当は佐世子さんにするべき相談ではないのかもしれませんけれど……」

心中のためらいと困惑を整理しきれていない様子で、美咲はテーブルの一点に弱々しい視線を押し当てる。

「でも、だれにきいたらいいのか、わかりませんし」

「遠慮なく言ってみて。力になれるかどうかは、それからよ」

だが、ことさら力になる必要はないことを、佐世子は知っていた。ただ、じっくりと話に耳を傾けるだけで「相談に乗った」に等しいのだから。職場の後輩たちも、ときたま相談を持ちかけてくる。厳密には相談というより、不平不満や愚痴を聞いてもらいたいだけで、ひとしきり胸中を吐きだしたあと、きまって彼女たちは言う。「相談してよかった」だが、佐世子はひと言も助言していない。話の腰を折ることもなく、反論もせず、相手を苛立たせない無難なあいづちをくり返していただけである。それが、たいがいの女性たちのいう「相

談」だった。

佐世子にうながされても、美咲は言いにくそうに口ごもっている。テーブルの一点を見つめていたまなざしは、気持の迷いをあらわすかのように、せわしなくテーブルのあちこちを往復して落ち着かない。

根気よく佐世子は待つ。本心は話題を変えてしまいたいのだが、そうしてしまうと、相談者は、なぜ待っていてくれないのか、といった恨めしげな目つきで、必ずこちらをとがめてくる。沈黙の時間は、すでに相談の一部なのだった。

相談につきものの、こうした手順がわずらわしくて、最近の佐世子は、思いつめた顔つきの後輩が近づいてくると、いそいでトイレや給湯室に逃げるのだが、目先の避難は、結局、役立たなかった。帰りのロッカー室でどうしてもつかまってしまう。そんなとき、あきらめと自分の役まわりに嘆息をつきながら、佐世子は漠然と外山との同居生活もこれに似ているのかもしれないという気がしてくるのだった。

美咲がようやく重い口を開いた。

「あのう、外山さんは子供の頃に神経系の病気にでもかかったことがあるのでしょうか」

「神経系？　さあ、聞いてないわ」

「では、すごく繊細な子供だったとか」

ふたりを従兄妹と信じきっていればこその美咲の質問だった。

佐世子は現在の外山の性格から推し測(おはか)って、彼の子供時代を想像する。

「鈍感ではないけれど、わりと単純で、ほめられるとその気になる子供だったとはいえるでしょうね」

「大失恋したとか、女性に恐怖心を持つような出来事、佐世子さんは聞いていませんか」

どちらかといえば女好きな部類だから、そのぶん小刻みな失恋の回数も多いかもしれないが、大失恋といった話はついぞ聞いたことはない。しかし、これは美咲に語れる内容ではなかった。また、女性に恐怖心をいだいていては、女好きにはなれない。

佐世子はあいまいに返事をぼかした。

「さあ、私は何も」

「そうですか」

美咲の目がうつろに、途方にくれた。

「一体どうしたの？　彼とうまくいっていないの」

「いいえ。知りあって八ヵ月、外山さんは最初と同じくらい私を大切にしてくれます」

それは佐世子も十分に承知していた。

佐世子との婚約を解消してから、外山には数名の女性がいたとにらんでいる。妙に浮き立

っている言動を取りはじめるから、すぐにわかるし、もっとも端的なのは歌を口ずさむくせで、これがでてきたなら、まちがいなく女性がからむ。だが、どの相手とも長つづきはしなかった。恋の蜜月は、せいぜいひと月どまりで終ってしまう。

美咲に対しては違った。珍しく真剣に佐世子に打ち明けてきたし、いずれ結婚したい意向ももらした。わざわざ佐世子に引きあわせたのも、これほどの女性だ、と美咲を自慢したくてたまらなかったためだと察しがついていた。佐世子がお世辞ではなく美咲の人柄を称賛するたびに、外山はうれしそうに頰をゆるめ、目尻をさげる。外山は本気だった。しんそこから美咲に惚れきっていた。

「彼に大事にされているという実感があるのなら、まずは心配ない、そう私は思うけれど」

「信じていればいいのでしょうか」

「多分ね。小さなもめごとは、どんな人間関係にもつきものよ。でも信頼さえあれば、おのずと解決してゆく、そういうものじゃないかしら」

「……」

「私、ずっと信じてきました。でも、どうも、それだけでは問題は解決しないみたいな

「その問題とやらは、彼のほうにあるらしい口ぶりね」

「…………」

「私もいないと思う。いまの彼はあなたしか眼中にないのよ、自信を持って」

「それも考えました。彼はぜったいにいないと否定しますけれど」

「ほかに女性でもいるとか」

ふたたび美咲は当惑した表情で口をつぐんだ。

本当に愛されているのかどうか、という他愛ない不安に取り憑かれているのだろう、佐世子は美咲の細くて、肉の薄い体つきを眺めやる。もしかすると、彼女には今回がはじめての恋愛で、そのため外山のささいな言動に、そのつど動揺し、いたずらな疑惑に振りまわされているのかもしれなかった。それならば、この場はともかく外山を信じるように、美咲を励ますにかぎる。

「ね、美咲さん。私が保証するわ。雄治さんはあなたしか愛していない。ほかの女性に目移りするなど、私には考えられないの。だって、私は彼のこと、ずうっと見てきているのよ、あなたよりつきあいは長いの」

美咲がとりすがる視線をむけてきた。

「佐世子さん、じゃあ、私はどうしたらいいのでしょう」

「そうねえ、それとなく彼に結婚をほのめかしてみたら。彼は拒否しないと思うし、そうなれば、あなたも安心するでしょう？」

予想外の反発が返ってきた。

「結婚はできません。少くともこのままじゃ……」

「だからね、大丈夫。彼もその意思があること、私、知ってるの。思い切ってぶつかってみてごらんなさいよ」

「いろいろやってみました。でも、外山さんはだめだったのです」

「やってみたって、どんなこと？」

美咲は顔を赤らめて、うつむいた。

やがて、伏し目がちのまま小声で言った。

「……私たち交際して八ヵ月のあいだ、お食事だけのおつきあいが一ヵ月、大人のデートになってひと月、でも残りのこの半年というもの大人のデートができなくなっているのです」

美咲の言葉の意味が、脳裏にゆきわたるのに数秒かかったのち、佐世子はあやうく言い返しそうになった。

（またもや？）

あれは一過性のもので、外山は立ち直ったはずではないのか。立ち直ったから、何人もの女性とかかわりえたのではなかったのか。

「美咲さん、もし、私の解釈が違っていたらごめんなさいね……大人のデートというのは、つまり、体の関係もあるデートって意味かしら」

「……はい」

消え入りそうな返答だった。美咲は恥かしさのあまり、顔もあげられないでいる。

「その大人のデートができなくなったのは、要するに、彼が性的な不能におちいったということ……？」

「話には聞いていました。でも、ホンモノを見るのは、はじめてでした。彼がいくら努力しても、私が協力しても、どうしてもだめなのです」

「そうだったの。で、彼がそうなった原因というか、きっかけは」

「思い当りません。外山さんも別にない、と」

三年前も同様だった。

外山とふたりであれこれ検討してみたけれど、具体的な原因は突きとめられず、意識にのぼらない心理的な要素が、いくつかからみあったのだろうという結論にたどりついた。

「佐世子さん、外山さんは元どおりに回復するのでしょうか」

「………」

「このまま交際していけば、いつか治る見こみはあるのでしょうか」

おそらく回復はするだろう。しかし、いつ頃、という予測はつかない。

前回は四ヵ月かかった。今回はすでに半年つづいているという。二十七歳のときと違って、三十歳になった外山は、年齢をへただけ回復力が衰えているのかもしれない。

いつのまにか美咲は先刻までの恥らいをぬぎ捨てていた。言いにくい言葉をようやく口にし、そして、それが最大の難関を突破することでもあったかのように、いまや全身から、ひかえめながら自信と大胆さをみなぎらせ、話の核心にふれてゆく。

「私、悩みました。私が相手だから、外山さんは男性の機能をはたせないのか、と。外山さんは、そうではない、と言ってくれましたけど、でも、私を思いやって慰めてくれたのかもしれません。外山さんは、その慰めついでというとおかしいですが、以前にも同じ状態になったことがあるとも打ち明けてくれました」

佐世子はほっとして、いそいで外山の弁護にまわった。

「そのときは治ったわけよね。じゃあ、今度にしても、そう深刻な事態では……」

おしまいまで言わせず、美咲は思慮深い、冷静な口調をかぶせてきた。

「外山さんはそういう体質なのかもしれません。性的不能を周期的にくり返すような。いえ、それとも、やっぱり、私が相手だからかもしれませんし」

「それは考えすぎじゃないかしら」

だが美咲の耳には入らなかったようだ。

「外山さんと知りあって、このひとこそ、と私は思いました。快活で、すべてに前向きな姿勢で、おしゃべりも楽しいし、七つ上なのも頼り甲斐があるし、がっちりとした体格も私の好み。ですから外山さんから、お食事に誘ってくれる電話があったときは、本当に有頂天になりました」

「彼は裏表のない性格よ」

「私はそこそこの自分の人生設計を思い描いてました。いちばんの目標は幸せな結婚生活。ですから二十五歳ぐらいまでには結婚したいし、子供も早くほしい」

「……………」

「医大病院の教授の秘書になったのも、そのためです。お医者さんで、よさそうな男性にめぐりあうチャンスを期待しました。でも、そちらには、あまりご縁がなくて……そんなときにお友だちの結婚披露宴で外山さんとお会いしたのです」

「あの晩、彼は帰ってきてから、ひどくはしゃいでいたわ」

「私、二十三歳です。あと一ヵ月で二十四になります。いまここで外山さんとおつきあいしていて、もし、彼の体調が回復しなかったとしたら、いえ、結婚しても正常な夫婦生活が営めなかったとしたら……そう考えると、落ちこんでしまいます。愛情とは別の迷いが生じてきて」

「ねえ、美咲さん、何も二十五で結婚と決めなくとも、多少のはばを持たせてもいいのじゃないかしら」

「私、打算的なのでしょうか。……いえ、このぐらいのこと、女として当然ですよね、一生の問題なのですから……佐世子さん、どうしたらいいのでしょう、私は」

明るく、まじめ、礼儀正しく聡明な美咲は、そこでようやくしゃべるのをやめて、邪心のかけらもない瞳で佐世子を見つめてきた。

美咲の言いぶんも、もっともだ、と佐世子は思う。二十五歳で結婚するのが夢であるのなら、かたくなにそれを守りたいのなら、外山との交際はリスクが大きい。

とはいえ、彼は、いつ、どんなきっかけで回復するかもしれず、それは一週間先かもしれなかった。しかし、美咲が指摘したように、一時的に治りはしても、再発する怖れがないとはいえない。

同性としての美咲の不安や焦りは理解できた。が、その反面、彼女よりつらい心境におちいっているのは外山だろう、と同情もわいてくる。

最近はすれ違ってばかりいて、ろくに会話もかわしていないけれど、佐世子と外山はたがいに気軽に愚痴のこぼせる相手だった。口かずは彼のほうが多いかもしれない。その外山が、美咲と性的にうまくいっていないのを、半年間も佐世子に黙っていたというのは、よほど精神的な打撃を受けていたからに違いない。

どうしたらいいのか、そう美咲にたずねられても、どちらの気持もわかるだけに、佐世子はうかつな返答はできなかった。

「……私が美咲さんの立場なら……そうね、もう少し様子を見てからにするわ」

美咲は気迫をこめてつめ寄った。

「もう少し、とはどのくらいでしょう」

「さあ、それはいちがいには……」

「あと一年とひと月で二十五になってしまいます」

半泣きになった顔を、佐世子は正視しかねた。こちらが想像している以上に、美咲にとって二十五歳という区切りは重要らしい。

「挙式などの準備に六ヵ月かかるとしたら、残り七ヵ月で外山さんと婚約するなり、別の男性との縁談をまとめなくてはなりません。七ヵ月なんてあっというま。だって外山さんと交際してから、もう八ヵ月になりますもの」

外山と同居して三年になる、佐世子はぼんやりと回想した。性的な関係がなくなってからも二年と数ヵ月……。

われに返るとテーブルの反対側にいる美咲が、花柄のハンカチを目に当てていた。

「この六ヵ月ずっと外山さんの回復を待っていました。頑張ってといつも励まして。それでも私の……つまりベッドのなかでの努力がたりなかったのでしょうか。私から外山さんに別れを申し出たなら、我慢がたりないと責められるのでしょうか」

最後はこらえきれなくなった涙声になっていた。

「美咲さん、これはだれが悪いということじゃないわ。仕方ない事故のようなもの、自然の災害みたいな」

「……ありがとうございます。そう言っていただくと肩の荷がおりたような気がします」

それから一時間近く、美咲は、まじめに、理知的に、自分がいかにしてベッドの上で努力し、外山に協力したかを、こと細かく語った。医学書の実験レポートを口述されている心地がした。

佐世子が思わずいたたまれなくなるような描写も次々ととびだしてきたけれど、当の美咲はいたって涼しい顔で説明してゆくため、目線をそらすこともできない。たじろいだその瞬間に、こちらの淫らな想像を非難されそうだった。自分はここまでやった、外山につくした、美咲はその一点を強調したいがために詳細な実例を挙げているにすぎないのだから。

しかし美咲の話が一段落したとき、佐世子の視聴覚は疲れはてていた。雨のために室内が薄暗かったのが、せめてもの救いで、これが晴れわたった午後の陽を浴びてであったなら、疲労度はすさまじかっただろう。

背すじの凝りを、それと悟られないために耐えている佐世子に、美咲は晴れやかな笑顔をむけた。

「思いきってご相談してみて正解でした。なんだか気持の整理がついて、意欲がでてきました」

「意欲？」

「はい。私なりに一生懸命だったと自分を励ましたいぐらいに、ほめてやりたいぐらいに」

だが佐世子はほめた記憶はなかった。露骨であけすけなベッドの描写に、顔を火照らすまいと、必死にそれだけに心をくだいていた。

「佐世子さん、私、やり直してみます。外山さんには申しわけがないけれど、でも、人生を棒に振りたくありませんもの」

そして聡明な美咲はつけたした。

「あとで外山さんに電話で報告しておきます、佐世子さんに相談に乗ってもらったことを。でないと佐世子さんが余計な口だしをしたと外山さんに誤解されたら大変ですから。あくまでも私が相談を持ちかけたこと、きちんと伝えておきます」

美咲が帰っていった午後四時すぎになって、雨は小ぶりになった。西の空が明るくなってきたところからすると、徐々にあがってゆくのだろう。低くたれこめていた雲も、その色を薄めさせてきていた。

雨のため外出しないつもりだったのが、空模様が好転しはじめたのを見て、佐世子の気も変った。美咲の話と、その結論にも、いささか気持が昂ぶってもいた。彼女に非はない。しかし外山を思うと彼が気の毒でならなかった。

佐世子はここ一年ほどかかわっている男友だちの勤務先に電話を入れ、いつもどおりの定休日の夜をすごすことにした。

かつて、ほんの短い恋愛の時期をへて、現在ではたがいに割り切った男女のつきあいに落ち着いた相手だった。

彼の退社時にあわせて街中で落ちあい、食事をし、そのあとは彼の住むアパートの部屋にゆく。外山とまったくの同居人になってから、これでふたり目の男性だった。

彼にも外山は従兄だと称していたが、相手はまるごと信じてはいない。ときどき、いたずらめいた皮肉を言っては、佐世子の反応をおもしろがる。

「自分の恋人を兄弟と称するのは、よく聞く話だが、従兄というのは作りすぎじゃないか?」

だが佐世子は取りあわなかった。信じようと、信じまいと、どうでもよく、つまり、そういう男友だちにすぎない。

男友だちと手馴れた数時間をすごし、マンションに帰ると、居間のソファでウィスキーを飲んでいる外山の姿があった。ネクタイをはずしただけで、背広もぬいでいない。

壁の掛け時計は十一時をまわっていた。

男友だちの部屋でシャワーを使ってきた佐世子は、スーツを着たままキッチンからグラスを持ってきた。

「私も一杯いただいていいかしら」

「ああ」

テーブルの上のガラスの容器から氷をつまんでグラスに入れ、ウィスキーをついだあとに、水差しの水を少量加える。

外山の表情からは、彼の特長ともいうべきいっさいの活力がはぎ取られていた。まなざしにも生気がない。

佐世子が絨毯に腰をおろすのを待って、彼はつぶやいた。

「美咲にふられたよ。しかも電話一本で」

「彼女が昼間ここにきたこと聞いたでしょ……でも、どうしたのかしらね、今回は。前と同じく原因ははっきりしないとか」

ふいに外山はいきり立った。大声をぶつけてきた。

「きみのせいじゃないか。きみがおれと同居しながら、ほかに男をつくったから」

ひるまずに佐世子はおだやかに言い返す。

「あなたもほかに女をこしらえたわ」

「きみのほうが半月早かっただろう」

「でも私は黙っていた。どうなるか、先がわからなかったから」

「ああ、そうさ」

外山の声はさらに荒く、怒気をこめてくる。

「先の見当もつかないうちに、別の女を好きになったと、お人好しにも正直に告白したのはおれだ。そうしたら、どうだ。きみにも男がいただなんて」

三年前、結婚を前提に、と言いかわしてはじめた同居だったのに、半年もたたずに、ふたりの関心はそれぞれ他の異性に移ってしまっていた。

あとになって何回となく話しあって一致したのは、外山も佐世子も新しい相手に深刻な感情をいだいたわけではなかったということだった。

浮気心というしかないだろう。

同居しなかったら、こういう事態にはならなかったのでは。この点でも、ふたりは同意見だった。

恋愛が過熱し、少しでも一緒にいたい気持から、挙式を待ちきれなくて生活をともにしたのが裏目にでてしまったらしい。

まったく赤の他人が寄りそって暮らす、そこに手ばなしの楽しさと物珍しさを感じていたのは、同居後のひと月ほどだった。

育ってきた環境の違いによる小さな衝突が、日がたつにつれてふえ、たがいの不満と苛立ちが、くすぶりつづけた。

また、これは結婚ではなく、その前の同居にすぎないといった心理的な逃げもあった。まだ、だれかとやり直せるかもしれない……。

一本気な気性の外山が、佐世子をあざむいている苦痛から、ある夜、しんみりと打ち明けてきた。

「もう、きみと暮らせないよ。すまない、ほかに好きな女性ができてね」

自責の念からつらそうに、そして誠意をもって語る彼を見ているうちに、佐世子も黙っていられなくなった。新しい相手がいるのだ、と正直に告げた。

ふたりは顔を見あわせ、苦笑した。

同居をあわただしく決めたのと同様に、ふたりは、その晩のうちに別れることに話がまとまった。ごく円満な関係の解消にゆきついた。

数日後、彼女と会って帰宅した外山は、冗談めかして言った。

「まいったなあ。おれ、男じゃなくなったみたいだよ」

さらに十日ほどたつと、もはや外山は軽口をたたけなくなった。打ちひしがれた。

不本意ではあったけれど、佐世子は自分の体で試してみるようにすすめた。やはり外山はできなかった。

奇妙なことに、この出来事が、ふたたびふたりを結びつけた。

大きな課題を与えられたかのように、ふたりは真剣に、熱心に、外山の回復に全力をそそいだ。しかるべき本も読みあさった。

その結果、おそらく外山の性的な不能は多分に精神的なものだろう、とうなずきあい、佐世子は彼のセラピストの役を買ってでた。

といっても基本的な知識はなく、外山が思いつくままに幼少時からの人間関係や性にまつわる記憶や体験をしゃべるのに、辛抱強く耳を傾けるだけである。

外山の回顧談（かいこだん）には特殊な要素はなく、ごくありふれた異性愛者のそれだった。父や母との関係にも痛ましい思い出や、ゆがんだ交流があったのでもない。

だが、佐世子はひたすら無言で話を聞き、外山も自分の心に忠実に、洗いざらい語りつくそうとした。

四ヵ月後、外山はしぜんと治っていた。

失敗とそれにともなう屈辱を覚悟で風俗のそうした店に入り、それが証明された、とうれしそうに佐世子に報告した。

「きっと、きみのおかげだよ」

そして外山の治療にやっきになっていた四ヵ月のあいだに、ふたりはそれぞれの新しい相手とは疎遠になってしまっていたのだ。

「きみのせいじゃないか」

今回のことだけでなく、外山は自分の気持が収拾がつかないほどにストレスがたまってくると、この台詞をむし返す。

それは次に吐きだしたい、さまざまな憂さの突破口にすぎないと佐世子はわきまえている。

このひと言を口にしなければ、本当に言いたい言葉がでてこない、一種の儀式だった。

ウィスキーのグラスを手に、いつものテンポで飲んでゆく佐世子の目の前で、外山は次第に腹立たしさを噴きだしていた。

「女のきみには理解できないだろうよ。女を抱くたびに、恐怖心におそわれるんだ。はたして、ちゃんと抱けるだろうかってね」

佐世子はグラスの底をのぞきながら自分に問いかける。

外山が回復した時点で、どうしてここから引越さなかったのだろう。彼にしても、なぜ、でてゆくとも、でていってくれとも言わなかったのか。

外山の声が哀しみと怒りにふるえていた。

「だから、美咲に惚れたとき、おれはおそろしかったんだ。そうだろう？　もし、またしてもあんな状態になったらどうしようか、と。それなのに……やっぱり危惧は当ってしまった。この数ヵ月、おれはどんなにみじめだったか」

外山へのあいづちはないがしろにして、佐世子は数時間前に美咲に助言した言葉をよみがえらせる。「私が美咲さんの立場なら、もう少し様子を見てからにする」

結局、それがきょうまでつづいてしまったのだろう。外山が心配だった。性的に十分に男性でありえて、彼が自信をくじけさせないでいられる状況を、しっかりと確認しなければ、不安で、はなれてゆくことができない。だから、美咲とつつがなく結婚してくれるよう期待し、しんそこから願っていた。

「いい子だよ、美咲は。おれを軽蔑しなかったし、少しでも手助けしてくれようとした。その心根（こころね）のやさしさにまた惹かれて……しかし、気持とはうらはらに、おれの体は役立たずさ。こんな残酷な話あるか」

外山はテーブルへかがみこんで、自分のグラスにウィスキーをつぎたし、ついでに佐世子のグラスにも手をのばして琥珀（こはく）色の液を落とす。

そうした気づかいのある仕草とは反対に、もういちど佐世子を罵った。

「きみのせいだ。三年前の後遺症があとを引いているんだ。おれは完全に治っちゃいないんだ……本当のこと言ってくれ、きみが美咲におれに見切りをつけろと、そそのかしたのか」

佐世子は一笑にふす。

「するはずないでしょ。前々から言ってるように、あなたが結婚してくれたら、私は大バンザイよ、ほっとする」

「いや、きみが先に結婚したってかまわないんだ」

「結婚したあとになってまで、おれのことはどうしてくれる、こうなったのもきみのせいだ、なんて言われたら、たまらないわよ」

これはもう腐れ縁というしかないだろう、佐世子はぼんやりと、あきらめの心境に沈んでゆく。

どうしたら外山の肉体を健常な男性のそれにもどせるのか。

生に近いウィスキーを喉に流しこんでいた外山の呂律が怪しくなりかけていた。

掛け時計の針は午前零時の五分前。

「もう寝ましょう。あすの仕事にさしさわるから」

外山が吠えるように言った。

「美咲を説得してくれ。おれは必ず治ると」

「無責任な約束など彼女には言えないわ」

「美咲を失いたくないんだ」

それには取りあわずに佐世子はグラスの残りを飲みほし、キッチンにさげにゆく。

居間を横切って自室に進む背後で、外山がうめき声を発した。

「気分、悪いの？」

振り返ると、彼はソファの上で体をふたつに折りたたんだ姿勢で頭をたれていた。

再度うめくように何かつぶやいて、頭を両膝にすりつける。明らかに飲みすぎ、酩酊状態におちいっていた。

「大丈夫？」

「……どうしてなんだ……どうして……」

「ほら、もう、やすまなくちゃ」

「……なぜ……嫉妬しない……」

「あしたまた話しましょう」

外山をどうしたものか、と思案にくれていると、ふいに鮮明な言葉が耳にとびこんできた。

「……なぜ嫉妬しないんだ、佐世子。確かに、きみはもうおれの恋人じゃない。しかしだ、なぜ、どんな女とかかわろうとも、いつも平気なんだ。最初の浮気のときからそうだった。自分のことは棚にあげても、おれに焼きもちやいてくれたってよかったじゃないか。インポになる前から……おれはきみにとって男じゃないのか」

ベランダのガラス戸に激しく雨が打ちつけられる音がした。

夕刻からあがったと思っていたどしゃぶりは、いっときなりをひそめていただけらしい。

佐世子は放心したように、その場に立ちすくむ。

酔いつぶれかけている外山を、彼のベッドにまで運ぶべきなのか、いつもそうしているように冷淡にほうっておくべきなのか、判断がくだせなかった。

「きみのせいじゃないか」

もう一回そう外山に罵られたなら、なんらかの行動に移せそうな気がした。

どんな場合も嫉妬するのはプライドが許さなかった。そして、きららかなプライドをしっかりと支えるために、そのたびに、かつての外山の言葉をよみがえらせてきた。

「いつも背すじをピンとのばして、媚びないきみが好きだよ」

これが外山のはじめての愛情の告白だったのだ。

佐世子は雨音を聞きながら外山を待つ。

「きみのせいじゃないか」

何回となくそう叫んで、もう必要のない、そして石のようにこわばってしまったプライドを打ちくだいてほしかった。

贈りもの

思い出せなかった。

どういう結末だったのか、その記憶は断ち消えていた。

淡い不安が胸をよぎってゆく。

正子(まさこ)は積みあげられたダンボール箱のはしに腰をおろし、束(たば)ねられた本の上に置かれたふたつのものに見つめ入る。

ひとつは編(あ)みかけの手袋だった。

黒い毛糸を使ったそれは、手首と掌の部分、そして親指はできあがっている。編み棒は人さし指に進み、けれど、根もとから一センチほど立ちあがったところで中断されたままだった。

サイズは小さい。編み終えた掌や親指からすると、あきらかに子供用だとわかる。

正子は忘れきっていた。古びて変色した籐(とう)のバスケットから、これがでてくるまで、かつての自分が編みものを試みたことなど、まるでおぼえていなかった。

編み目は、ひどくふぞろいで、いかにも初心者の悪戦苦闘のほどを物語っている。

しかし正子は、どうしても思い出せない。自分が編んだという実感がなかった。あるいは、この手袋は光江が手がけ、何かの理由で、このバスケットのなかにしまわれ、そのままになってしまったとも考えられた。むしろ、そのほうが、うなずけた。

もう十七、八年前になる。

中学一年生のときのクラスメートだった光江は、前の年に母親を病気で亡くしていた。どういうきっかけだったのか、正子は光江と親しくなり、たがいの家に遊びにいったりもした。

光江には幼い弟ふたりがいた。どこへ行くにも弟たちは姉にまとわりついた。母親がわりだった。

光江は中学校に通うかたわら、三度の食事の仕度をはじめとして、父親と弟たちの世話に追われていた。少くとも正子の目には、そのようにうつった。

だが光江から愚痴めいた言葉は、いっぺんも聞いたことがなかったように思う。

その年の秋から冬にかけて、光江がつねに編み物を手にしていたのを、正子は鮮明におぼえている。

学校の休み時間でも、正子の家にくる場合でも、光江は時間を惜しむように編み棒を動かしつづけた。

正子は不思議だった。

なぜ、そんなにも熱中するのか、光江の気持が理解しかねた。

多分、好奇心を抑えきれずに正子はたずねたに違いない。自分がどんなふうに言ったのかはおぼえていないけれど、そのときの光江の表情と返答は、いまだに脳裏にきざまれていた。

光江はとまどいをまじえた淋しいほほえみを浮かべた。

「弟たちが手袋を編んでくれとせがむの。亡くなった母が手先が器用で、よく私たちに手袋とか靴下を編んでくれて。買ったのではイヤなんですって。手で編んだのでなくちゃ」

あの瞬間、正子は胸がしめつけられると同時に、自分の単純な好奇心を恥じた。同情というよりも、もっと深い哀しみを、光江とその弟たちに対していだいた。

記憶はそこまでだった。その先は完璧なまでに抜け落ちている。

目前のもうひとつのものは、黒いゴミ袋に入れられ、積み重ねたダンボール箱のすみに押しやられていた、汚れた、大きな犬の縫いぐるみである。

高校二年生のクリスマスに贈られた。

贈り主は、正子より一学年下の北村で、コミック同好会の後輩だった。

彼は正子にいたく関心がある様子で、また、そのことをかくそうとはしなかった。積極的に話しかけてきたり、同好会の集まりでも、必ず正子の隣の席にすわろうとする。

クリスマスの何ヵ月も前に、北村からきかれた。

「今いちばん欲しい物は何？」

たわいないやりとりの延長線上の質問だった。正子は気楽に言い返した。

「大きな縫いぐるみ」

それからしばらくして北村はうれしそうに打ち明けた。

「最近、朝の新聞配達のバイトをやっているんだ。楽しみに待っていて。クリスマスには約束どおり縫いぐるみをプレゼントするからね」

北村は母ひとり子ひとりの母子家庭で、こづかいにも不自由する境遇にあった。けれど彼は新聞配達でえたアルバイト料を、そっくり正子への贈りものにあてた。

縫いぐるみの大きな包みをかかえ、満足そうに笑いながら正子の家を訪ねてきた北村の、あの瞳の輝やきは、今でも目に焼きついている。

しかし、その後、彼はどうなったのか、やはりおぼえてはいなかった。

ダンボール箱に腰かけたまま、正子は、くりかえし光江と北村にまつわる出来事を思い出そうとつとめた。

おさまりの悪い気分だった。

過去の一部分だけは、あざやかによみがえってくるのに、自分とふたりそれぞれの結末が、まったくつかめない。

結末を記憶にとどめておこうとする考えも浮かばないくらいに、せわしなく、あわただしく時間の上をすべってゆくのが十代の若さなのか、とため息まじりに思う一方では、正子は自分は人いちばい記憶力が悪いのではあるまいかと疑う。

胸をつかれた光景だけが残っていて、あとはあいまいに霧散してしまうのが普通だとするなら救われる。

が、ひとは自分にとって都合の悪い、思い出したくない事柄は、巧みに忘れ去ってしまうものだという話も、どこかで聞いたことがあった。もし、それと同じ心のメカニズムが自分に働いていたとしたなら、光江や北村に対して罪の意識を感じるほどの心ない言動をとっていなかったとは断言できない。

正子は、十年前に祖父が亡くなって以来、自分専用の物置きがわりに使っている二階の六畳間で、しばらくのあいだ放心状態におちいった。

年が明けてカレンダーの数字が二桁にならないうちに三十歳の誕生日を迎える。その区切りと年末の大掃除をかねて、乱雑きわまりない有様になっていたこの部屋の整理整頓に、思いきって着手した。

十二月の最初の日曜日に、意気ごんではじめられたそれは、ものの一時間とたたずに正子の気持をしぼませてしまっていた。

不用物の選り分けよりも、気がかりな過去の欠落を埋めることのほうが、正子には切実だった。また三十歳という年齢のひびきに背中を押されるように、その結果はどうであろうとも、なぜか無性に光江と北村に会ってみたい衝動にもかられていた。


翌日から会社の勤めの合間をぬって、ふたりの居所探しをはじめた。当時のクラスメートや友人たちに手当り次第に電話をかけ、そこで紹介された人物に次々と連絡を取ってみるというイモづる式のやり方だった。

北村と光江の実家は、どちらもかなり以前に転居していて、新しい住所はわからなかったためである。

一週間後、高校のコミック同好会の後輩だと名乗る女性から自宅に電話がかかってきた。北村はこの街でも上位三本の指に入るホテルに勤務しているという。高校を卒業してすぐの就職だったらしい。それさえも正子は知らなかった。

数日後、正子は会社帰りにそのホテルに立ち寄ってみた。北村にはあらかじめ電話を入れ、彼がその日を指定してきた。受話器にむけて正子が氏名を告げたとき、相手はいぶかる気配はなく、そくざに言った。

「なつかしいですね。お元気でしたか」

ホテル一階の喫茶室で再会した北村は、高校一年生の頃の面影を目もとに残しながらも、押しだしのよい引きしまった体をスーツにつつんでいた。渡された名刺には、副支配人の肩書きが見えた。

「わたしをお探しだったそうですが」

接客業のにこやかさと礼儀正しさが、なにげない表情にまで浸透してしまったような北村を、正子は複雑な感情で見返した。素朴さからはほど遠い、人工的な男がそこにいた。

「今さらと笑われるかもしれませんけれど、もしかすると私は北村さんに謝まらなくてはならないのではと思いまして」

そして正子は、縫いぐるみをプレゼントされてからの記憶がないことを正直に話した。

「これは要するに、私たちがしぜんに疎遠になったからだったのでしょうか」

「いやあ、昔のことなので、わたしもはっきりとはおぼえておりません」

口ではそう否定しながらも、北村の目に、ほんの一瞬、強い光が走ったのを、正子は見のがさなかった。

「でも、北村さんは私の名前をきき返しもしなかったでしょう、電話で」

「ええ、なつかしい方ですので」

「本当に私は何か失礼なことをしたのではありませんか。もしそうなら、おわびしなくては」

北村の視線は正子の背後へそそがれた。

「それはありません。むしろ、あなたにはずいぶんと励まされたと思いますよ」

「励まされた……?」

「わたしはあの頃ひどく母親に反抗的で、その悪口をさんざんあなたに聞いてもらっていました」

正子に縫いぐるみを贈ったあと、それまでにもまして、すさまじい親子喧嘩がなされた、と北村は苦笑しながらつづけた。

母親は怒った。

新聞配達のアルバイト料を、そっくり女の子へのプレゼントに使ってしまうなどとは、いったい何を考えているのか。そうまでして、女の子の気を引き、見栄(みえ)を張りたいのか。なぜ学費にあてるとか、家計を助けようとは思わなかったのか。

「まあ、今になって振り返ると、母親の言いぶんももっともです。生活するのに精一杯でしたからね」

「申しわけないことをしました」

「いえ。当時のわたしとしては、身のほど知らずの、ああした贅沢なお金の使い方が必要でした、息苦しさから解放されたかった。一途でしたね、わたしも。しかし、やはり、考えなしの若僧は困りますよ、母親とこうした喧嘩をしたことまで、当時のわたしはあなたにしゃべってしまった……まだ、思い出しませんか」

困惑しながら正子はうなずいた。北村の言葉はどれひとつとして、記憶に引っかかってはこない。揺さぶられなかった。

「それで私は、その話を聞いて……」

「わたしを叱咤激励してくれました。いつになくむきになって」

タキシード姿の男が近づいてきて、北村に耳打ちをした。

「わかった、すぐに行く……失礼しました。お客様がお見えになったものですから。お話はこのくらいでよろしいでしょうか」

北村はすでに椅子から腰を浮かせていた。正子もあわてて立ちあがり、礼を述べた。

並んで喫茶店のレジ台の前を横切りながら、北村は口調を変えずに言った。

「そうですか、おぼえてませんか。あの叱咤激励はわたしの身にこたえたのですが。あなたはこう言ったのですよ、片親の子は、これだからイヤになる……」

正子はとっさに立ちどまった。全身から血が引く思いでその場に立ちつくす。

しかし北村は振り返らず、背すじをまっすぐにのばしてロビーの奥に消えていった。それからの何日間かを正子は打ちのめされた心地ですごした。

予感はあたった。想像していたとおり、北村にひどいことを言っていたのだ。そして、彼はいまだに許してはいない。あのかたくなな後姿が、その証拠だろう。

一方では、違う、と叫びたかった。私がそんな残酷な台詞を口走るはずがない。だが、もしそうだとするなら、北村はなぜ嘘をつく必要があるのか。彼が勝手にふくらませた話、そう言いきるには、記憶の手がかりさえないのだ。

結局のところ、と正子はやや心が平静さを取りもどしてから、あきらめまじりに自分の非を半分は認めた。自分が深く考えもなしに「縫いぐるみが欲しい」と答えたひと言が、すべての発端(ほったん)かもしれない。北村の心に癒(いや)しがたい傷を与えたきっかけは、そんなささいな言葉からはじまったのだろう。

年月はたってしまったが、北村に謝まるべきか、どうか、正子は迷った。しかし、どうしても実感がわいてこない。また彼にしても、謝罪など受けつけずに、今さら、とせせら笑いを返すのではないか。会ったときに、彼の目につかのま宿った強い光から、それが予感された。

気持を沈ませているうちに、十二月も残りわずかになった。

北村との一件に打撃を受け、光江の消息をたずねる気力はもはや失せていた。中学時代のクラスメートの何人かには、すでに電話をかけていたけれど、これといった連絡もない。

大晦日の早い午後だった。

電話のベルの音に、台所の手伝いをしていた正子がでてみると、いきなりにぎやかな声がひびいてきた。

「正子さん？　おひさしぶり、ミツエです」

ミツエが光江につながるまで数秒かかった。

「一週間ほど前に子供づれでこちらに里帰りしてきたら、あなたが私の居所を探しているって聞いて、なつかしいやら、びっくりするやら。で、すぐに連絡しようと思ったのだけれど、なんせ小さい子供をふたりもかかえていて……」

途中で正子はさえぎった。

「ごめんなさい。二階の私の部屋の電話に切りかえるわ。そのままでいて」

いそいで二階にあがり、受話器を取る。

「本当に光江さんなの？」

「そうよ。へんなことときかないで」

しかし、かつてのイメージとは、まるで異なっていた彼女のしゃべり方は、こんなにもサバサバしてはいなかった。おとなしく、淋しい微笑を遠慮がちに口もとに漂わせていた。

「あたりまえでしょ」

光江は受話器のむこうで快活に笑う。その声も力強く、張りがある。

「もう二十年近くたっているのよ。中学生の頃と同じなら、かえって気味が悪いわ。ところで私に何か用があるのかしら、私の居所を知りたがっていたなんて」

正子は身構えた。うかつに過去を掘り返して、気づまりな思いは味わいたくはない。北村とのことで懲りてもいた。

「あのう……」

口ごもっていると、またもや威勢のよい声が伝わってきた。

「どうしたのよ。用があるんでしょ。来年はおたがい三十にもなることだし、二十代にやっておくことは、さっさとすませたほうがすっきりするわよ」

そして光江は何の脈絡（みゃくらく）もなくつけたした。

「ホントにあの頃は正子さんのお世話になったものよねえ」

「お世話？　この私が」

「そうよ。うちの弟たちも正子さんのことを、よくおぼえているわ」

うろたえながら、きき返す。

「私、何をしたのかしら」

「ほら、私と一緒に弟たちの手袋を編んでくれたり、遊んでくれたりしたでしょ」

そうだったのか、安堵感がぬるま湯のように胸に広がってゆく。

「ね、光江さん、当時のこと話してもらえないかしら。ついこのあいだ編みかけの子供用の手袋がでてきたの。でも、私には心当りがなくて」

「ちょっと待って。弟たちも実家にきているのよ」

受話器がふさがれたらしく、物音はたえた。

ふたたび電話にでた光江の声は笑いをふくませていた。

「その手袋って、もしかして黒じゃない？」

「そう」

「上の弟がおぼえていたわ。できあがった片一方だけもらったのですって。いえ、もらったのは上の弟じゃなくて下の弟よ」

光江の説明によると、弟たちにせがまれて編み物に追われる彼女に同情した正子が、自分も手伝うと言いだしたのだという。編み方は光江と正子の母が教えた。

正子は習いたてのそれに夢中になりだした。

上達も早く、光江の記憶では弟たちに編んでくれた手袋は一組ずつにとどまらなかった。形はいびつながらも、贈られるたびに弟たちは喜んだ。

勉強はそっちのけで編み物に没頭(ぼっとう)する正子を、最初のうち正子の母は黙認(もくにん)していたが、あまりの熱中ぶりに、ついにある日きつい口調でたしなめた。

「ここがはっきりしないのよ。お母さんに注意されたのが先だったのか、あなたが風邪をこじらせて、しばらく学校を休んでいたのか」

とにかく、そうしたいきさつがあり、正子は編み物をいっとき中断させた。季節も春を迎えていた。

その年の夏の終りに、光江の父親は再婚した。子供好きで、家庭的な、そう若くはない女性だった。

彼女が後妻にきてくれたおかげで、光江は編み物や家事の役目から解き放たれた。

「それで正子さんも編み物熱からさめたのだと思うわ。中学の一、二年生ぐらいの子って、飽きっぽいし、移り気なものでしょ」

「そうだったの……」

「話はもどるけれど、用って何？」

「もうすんだの。手袋のことをたずねたかったの」

「おかしなひと……ああ、弟たちも正子さんに会いたいって。お正月に遊びにこない？　ええと、ここの住所はね」

電話をきってから、正子は、ほうけたように、その場にすわりこんでいた。

自分に不都合なことだけを、忘れ去るものではないらしい。

大切におぼえておきたい事柄まで、歳月は、記憶からむざむざと抜き取っていってしまう。

何を基準にして、残る記憶と、消える記憶があるのか、考えるほどに不可解だった。

しかも、やっかいなことに、その前後の情景を空白にしながら、なおも頭にきざみこまれた記憶の切れはしがある。

いっそのこと丸ごと消してくれたほうが、思い悩まずにすむ。

このひと月間、記憶の断片に振りまわされてきたけれど、見方をずらすと、これは二十代も最後の、何かからの贈りものかもしれなかった。

警告であり、教訓であり、そして練習。

職場の同性の先輩がよく言っている。

「三十代になると、月日はあっというまにたってしまうわ。時間の速度が速くなるような」

北村に手紙を書こう。

たとえ自己満足であろうと、彼から嘲笑をあびようと、わびておきたかった。

そして、犬の縫いぐるみが、まだ手もとにあることを伝えたい。

薄汚れたそれをゴミ袋にしまいこみながらも、どうしても処分できなかったのは、高校一年生の彼の、これをプレゼントしてくれた日のうれしそうな表情が、じゃまをしたからだったのだろう。

彼のひたむきな心さえ捨ててしまうようで怖ろしかった。

「片親の子は、これだからイヤになる」

そんな無神経な言葉を吐いたということも、おそらく事実なら、北村の純朴な思いをずっと貴重なものとして、あたためていた自分も確かにいた。

どちらも否定はできなかった。

着実に十代からも、二十代からも、へだたりはじめている自分を感じ、正子はひっそりと苦笑した。

やさしい言葉

一時間の残業を終えて会社をあとにした綾子は、木枯らしの吹きすさぶなか、ＪＲ札幌駅前の通りへとでて、そのまま南にむけて歩きはじめた。

するどい冷たさをはらんだ風だった。

ウールの黒いオーバーコートと、首から胸に二重に巻きつけたワイン・レッドのストールも、その激しい風の勢いを完璧には防ぎかねた。

コートとスーツのあいだに、たちまち冷気がしのびこむ。

だが綾子はタクシーを拾おうとも、地下鉄を利用しようともしなかった。

浩一と会う約束になっているその店に着くまでに、気持をほころびなくととのえておきたい。

そのためには、ゆっくり歩いてゆくだけの時間が必要だった。

以前にも何回か会社から歩いて同じ店にいったことがある。やはり浩一とそこで待ちあわせていて、少し考えごとをしたかったからだ。確か二十分ぐらいでたどり着いたように記憶する。

いま、綾子の心は平静だった。

この状態なら、ふつうの会話のなめらかさで別れを切りだせるに違いない。

そして浩一もあっさりと引きさがってくれるだろう。

もともと彼には綾子に対する愛情はないはずなのだから。

たとえ浩一が別れをしぶる様子や言葉を示したとしても、それは彼の最後のサービス精神からでたもので、本心ではありえない。

内心では、おそらくほっとし、綾子の相手をしていたきょうまでの半年間から解放された喜びをかみしめるだろう。

ただ浩一のことだから、一応、儀礼的に別れの理由をたずねてくるかもしれなかった。そのとき綾子がどう答えるかによって、彼はすばやく、いつものように、こちらの気持をくすぐる台詞を言ってのけ、別れをしめくくろうとするにきまっている。

たずねられた場合の返答が、まだ綾子には見つけられなかった。

うらみっぽい態度は避けたい。愚痴めいた言葉のかけらも、もらしたくはない。

浩一が「いたずらに」綾子とつきあっていたことを、いまさら暴き立てても、いっそう後味の悪さを残すだけだ。

いや、浩一は悪びれもせずに、事実を素直に認め、「やだな、知っていたのか」と、例のおっとりとした調子で苦笑するだけかもしれなかった。まさに「いたずら」をとがめられた少年のように。

後味の悪さが残るのは、綾子のほうだった。

四ヵ月前に事実を、彼の「いたずら」を知ったとき、綾子は打ちのめされた思いと同時に、口のなかに苦いものが広がるのを感じた。みじめさと屈辱感が全身を走り抜けた。

浩一を責める気にはなれなかった。

むしろ、いとも簡単に彼の女扱いのテクニックの上手さにはまりこんでいった自分の愚かさが痛感された。

浩一という恋人をえて有頂天になっていた状態から、一挙にしらじらしい現実に立ちもどり、つらさを味わいながらも、結局、綾子は彼の「いたずら」に気づかないふりを装うことに決めた。

口先だけとわかっていても、浩一の甘いささやきは、つかのま綾子の励みになった。

やさしさを演じているだけと知りながらも、彼のいたわりに満ちた仕草は、一瞬の心地よさをもたらした。

当時の綾子には、まだそういう相手が必要だった。

浩一がふんだんに示す、こちらを思いやる言動のかずかずを、それに飢えていた綾子のひからびた心は、むさぼるように吸収してゆく。嘘とわかりながらも、気持はうるおってゆく。

四ヵ月前のその時点で、浩一を信じきっていた綾子は、定期預金のひとつを解約してしまっていた。

それはデート費用にあてるためである。

浩一は、三十二歳の綾子より六歳下のサラリーマンであり、当然、年収の差はおおよその見当がつく。

デートのたびに、仮に割り勘にしても、彼に負担をかけるのは心苦しかった。

そう思うほどに、綾子はのぼせていた。

また久しぶりに恋人をえたというのに、しみったれた場所でのデートは、なんとも味気なく、つまらない。華やかに、たっぷりと楽しさを満喫したい。

綾子の飢えた心は、満たされなかった年月をうめるように、そこにも貪欲になった。

年上の者が年下の者におごっても、なんの不しぜんもない、綾子はそう自分に言い聞かせ、浩一にも、そのときだけ、年上、を強調した。

浩一はこだわらなかった。

いまになって、彼の淡々とした反応も納得がゆく。

所詮、彼にとっては綾子との関係は「いたずら」だったのだから、綾子が自分からそれを言いださなくとも、いずれ、むこうから、そういうようなことを仕向けてきたに違いない。

「いたずら」を知った四ヵ月前、綾子は自分の愚かさをみじめに受けとめながら、解約した預金が底をつくまで浩一とつきあってゆこう、と考えた。

それで、すべてをおしまいにする。

もちろん、その前に浩一がはなれてゆくのなら、とめはしない。

木枯しのなかを、歓楽街・薄野(すすきの)へ歩きながら、綾子は、まだ、彼から別れる理由を問われた場合の答えが見出せないでいた。

残っている預金は、今夜の食事代できれいになくなってしまう。

だから、きょうかぎりで浩一と別れる。

しかし、こうした内情までさらけだしたくはなかった。

この話をしたなら、浩一は勝ち誇った表情をするかもしれない。自分の「いたずら」は満点の成果をおさめた、と。

そして、そのそばで自分は一体どんな顔つきをしているのだろう、綾子は他人事のように想像する。自嘲(じちょう)の気持が、そんな光景を思い描かせる。

浩一と会うのは南七条西三丁目にある「薄野・仲寿し」だった。本店は豊平(とよひら)区の中の島にあるけれど、綾子はそちらにはいったことがない。

駅前通りに面したビルの一階にあるその店の、路上に置かれた長方形の看板が見えてきた。看板は和紙を思わせる白い表面に、細筆の墨文字で店名が記されている。走り書きのようなその文字は、そこはかとない、はかなさを漂わせ、看板の内側のあかりを受けて、品よく浮かびあがっていた。

店内に一歩ふみこむなり「いらっしゃい」という威勢のよい、張りのある声で迎えられた。この店の責任者であり、他の従業員から「大将」と呼ばれている店主の、いつもながらの声だった。

浩一はすでにカウンターのいちばん奥の席、レジ台の手前のそこにすわっていた。目の前にはビール壜と泡を浮かせた小ぶりのグラス、小鉢ひとつが置かれているだけで、料理の注文はまだらしい。

彼はいつもこうだった。どれだけ早く店にきたとしても、綾子があらわれるまで注文をひかえ、ビールだけを飲んで待つ。いちどだけ綾子は言ったことがある。「先にはじめていてくれればいいのに」浩一は屈託のない笑顔を見せた。「やっぱり、ふたり一緒でなくちゃ、料理もおいしくないでしょう」

レジ係の女性にオーバーコートとストールを手わたし、綾子は浩一の隣の椅子に腰かけた。

客はほかに五十代らしき男性のふたり連れがいるだけだった。

「いらっしゃいませ」

とカウンターの中に立つ店主があらためて体をこちらにむけて会釈をする。

三十代なかばの、色の黒い、折目正しい男性で、くずれた雰囲気はいっさいなかった。どこで息抜きしているのだろうか、と思うぐらいに、その仕事ぶりは徹底している。

「さて、きょうは何から注文しましょうか、浩一さん」

綾子は心持ち背すじをのばして、鮨ネタの並んだガラスケースのなかを眺める。

この店の特長はこのケースだった。よく見かけるカマボコ型のではなく、客側にむけてやや傾斜をつけた平台に、間隔をあけて正方形のケースがおさまっている。

鮨ネタの下に敷かれた笹の葉の下には、ぶ厚い氷がかくされ、それが冷蔵の役目をはたしているという。真夏でも、やはり電気ではなく氷だけでネタの鮮度を保つ。

ケースを交互に見わたしている綾子に、店主がさりげなくすすめてきた。

「きょうは厚岸の生ガキが入っておりますが」

生ガキは綾子の好物だった。それもケチャップやぽん酢で食べるのではなく、レモン汁をかけたのが、いちばん好みにあう。厚岸は釧路市の近くで、カキの産地としても名が知られている。

「じゃあ、その生ガキをまずいただきます」

「ぼくも生ガキ」

「それからお刺身はアワビとツブ貝を切ってください」

「ぼくはトロとカニの爪（つめ）」

「承知しました」

それからふたりは黙って店主のむだのない、てきぱきとした動きに見つめ入る。

奥に長いL字型のカウンターには十三脚の黒い木の椅子が並んでいる。

出入り口の近くに大きめのテーブル席がひとつだけあるけれど、そこは半透明の黒い布で仕切られているため、一見したところカウンターだけの店のような印象を受ける。

客層はわりあいに年齢が高い。会社の接待に使うひとびとも少なくはないようだ。

「品書き」なるものが店のどこにも見当らない。すなわち鮨や刺身の値段が、その場ではいっさいわからないようになっている。それだけで二十代の客あたりは気後（きおく）れしてしまい、うかつに注文できなくなる。

ここでは綾子と浩一のカップルは、いささか場違いなくらい若かった。

綾子はかつて会社の上司に連れてこられ、だいたいの値段は知っていた。安いとは、けっしていえない。だが東京などの、このレベルのネタを食べさせる鮨屋と比較すると、相当に安あがりの店といえるだろう。浩一と親しくなり、彼がステーキよりも鮨を好むと知って、まっ先に思い浮かべたのがこの店だった。

なんの予備知識も吹きこまずに彼を連れてきた日、浩一は予想外に怖気づかなかった。「いい店だな」と珍しそうに店内を見わたしてはいたけれど、おかしな遠慮はせず、綾子のすすめるままに数皿の刺身をたいらげ、鮨を頬ばった。その注文の仕方から、場馴れしている感じがした。

話の断片から、新潟にある彼の実家がかなり裕福らしいと想像していたが、このカウンターでの物腰から、綾子はいっそう確信を深めた。

ふたりの前に刺身の盛りあわせが、それぞれさしだされた。生ガキを三個ずつ並べた皿も運ばれてくる。そこでビールから日本酒にきりかえた。

「うん、いつ食べても生ガキはうまい」

そう言いながら浩一は同意を求めるように、綾子にほほえみかける。その表情からは、なんの邪心ものぞいていない。

だが、さほどの努力もせずに、いつだって、すばやく、巧みに、こういう笑顔を作りだせる、ある種の才能が、これまでに何人もの女性に「いたずら」を仕掛けられたのだろう。

容姿は問題ではなかった。ほどほどの清潔感と、女心をくすぐる言葉を照れずに平然と、そして、どれだけまじめに言えるか、それが女を酔わせる重要なポイントだった。

浩一にしても、育ちのよさを思わせる、どこか、おっとりした面はあるにせよ、あとは中肉中背の平凡な二十六歳のサラリーマンである。

なんとなく綾子はつぶやいていた。

「これで何回ふたりでこの店にきたのかしら」

「十回はきていると思うよ。だって、月に二回はここで食事をしていたもの」

食事のあとは、市内のホテルへゆく。ベッドでのひとときがすむと、ホテル内のバーで軽く飲み、やがて別々にタクシーに乗って帰る。

浩一が自分で支払うのは、帰りのタクシー代だけだった。

四ヵ月前、浩一の「いたずら」を知るまでの綾子は、デートはできるだけ週末にしたいと望んだ。翌日の勤めを気にせずに夜ふかしができるし、ひと晩中、ホテルで一緒にすごすこともできる。

が、ここ四ヵ月間は平日の夜のデートにかぎられていた。

「週末はゆっくりしたいの」

綾子の申し出に、浩一はいつものようにいっさいさからわなかった。

「ああ、そのほうがいいかもしれないね。女のひとは肌の手入れとか、いろいろあるみたいだから。でも週末に会いたくなったら電話してよ、ぼくはいつだってかまわない。夜中でもね」

レモン汁をかけた生ガキの最後の一個を食べ終えたとき、横合いから浩一の手がのびてきて、綾子の皿に殻つきのカキを置いた。

「ぼくより綾子さんのほうがカキ好きだから、これ、あげるね」

子供っぽいやりとり……しかも、ここの支払いはだれがすると思っているのか……。

綾子は胸のなかで苦笑する。

しかし、この数ヵ月間、浩一の言動のいちいちに見えすいた嘘の匂いをかぎながらも、その手には乗るか、と気持を引きしめながらも、やさしい言葉に溶けてゆく片方の耳があった。

何もかも退屈でつまらない、三十歳の誕生日をすぎた頃から、綾子は自分自身を持てあましはじめた。原因はこれといってない。ただ職場でいつのまにか最年長の女性になっていたことと、入社以来、相変らず単調な事務の仕事をつづけているのが、ここにきて妙なむなしさをもたらしてきた。

気分はつねにめいっている。それをつかのまでも忘れ去ろうとするうちに、会社帰りに立ち寄る酒場が一軒、二軒とふえていった。

どの店も、かず少ない常連客で、かろうじて保っているような、だからこそ、その仲間になりそうな綾子を歓待してくれる所だった。

アルコールが入ると綾子は、日中のベテランＯＬの顔をぬぎすてて、だらしない素顔をさらけだした。そうしたいとは思っていないのに、そうなってしまう。

わけもなく泣く場合もあったし、愚痴がとめどもなく口をついてでるときもあり、さらにはからみとしか思われないしつこさで、相手を閉口させたりもした。

半年前、やはり行きつけの酒場のカウンターで、綾子はふさぎこんだ状態でグラスを手にしていた。まだきたばかりで酔ってはいない。

しばらくして横にだれかがすわった。話しかけてきた。

「この前もここでお会いしましたよね」

「…………」

「ぼく、おぼえてますよ。なんだか淋しそうで、とても気になる存在だったから」

「気になる？　この私が。どうして？」

「ぼくの好みのタイプだから」

いきなり耳もとをやわらかい羽根でくすぐられた心地がした。これまで言われたことのない言葉でもあった。

わざとからかうような口調を使った。相手はあきらかに年下とわかる。

「私がいくつだか知っているの？」

「女のひとに関しては、ぼく、年など気にしませんもの」

相手はまじめくさった表情で、ゆったりとそう答えた。きちんとした背広上下にネクタイをしめた、見るからに堅実そうなサラリーマンのようだった。しかも、ききもしないのに自己紹介をしてきた。

「波野（なみの）浩一といいます。K食品に勤めてます。札幌支社にきて、まだ一年半ですけど」

約二時間ほど彼は綾子を相手におしゃべりをつづけた。饒舌ではなかったが、仕事上の失敗談や郷里の話など、おもしろ、おかしく語って聞かせた。そのあいだに綾子の沈んだ気持はどこへともなく消えていった。

帰り際、彼は手帳を取りだして、とある店の名前と住所を書き、綾子の前にさしだした。名刺もそえられていた。

「一週間後、この店で夜七時にお会いしませんか。もし都合が悪くなったら、電話をください」

信じられないなりゆきだった。

綾子はこれほどまでに積極的に男性から声をかけられたことはなく、しかも相手は二十六の若さである。六つも若い。

しかし、それからの一週間、綾子は言われた言葉を何回となく反芻した。そのたびに、うっとりと酔いしれた。

「ぼくの好みのタイプだから」

かれこれ二年つづいた退屈な日々は、この言葉で一挙にくつがえされた。

約束の夜七時、綾子はもっとも気に入っているスーツを着て、指定された店にいった。

その晩も浩一は、いくつもの殺し文句を、まじめな顔つきで口にした。

「年上の女のひとって、話していても手応えがあっていいですね」

「綾子さんみたいに話のあう女性、これまでいませんでしたよ」

「そのうち、ぼくから電話してもかまいませんか。この出会い、大事にしたいと、そればかり思っています」

次に会ったとき、浩一の言葉はもっと大胆になった。

「ここ何日も、ぼくはおかしいんです。仕事をしている以外は、ずっと綾子さんのことばかり考えてました。久しぶりですよ、こういう気持」

「そのうち綾子さんとホテルにいきたい。いえ、いそぎません。そういう気持になってくれるのを待っていますから」

「たとえ綾子さんが四十でも五十でも、ぼくは抱きたいと思ったでしょうね」

浩一が臆面（おくめん）もなく吐きだす言葉に、いちいち驚き、とまどいながらも、一瞬後には綾子の心は喜びにはずんだ。

彼に対する感情はあいまいだったけれど、激しい恋におちいっているような錯覚があった。言い寄られる快感、一途に慕われるうれしさ、何よりも浩一の、あのとろけるような言葉が耳をほてらせる……。

ふたりがホテルにゆくまで時間はかからなかった。

そして、その日を境にして、綾子ははっきりと恋にのめりこんでいる自分を知った。体の関係が生じてからも、浩一の言葉の蜜は惜しみなく綾子の耳に流れつづけた。

ふた月がすぎ、浩一が出張で札幌をはなれているあいだに、綾子はふたりがはじめて出会った酒場に立ち寄ってみた。彼のいない淋しさと、恋愛のまっただなかの陶酔感がないまぜになり、この恋をそれとなくだれかに話したい心境だった。

酒場の六十がらみのママと他愛ないやりとりをかわしているうちに、ふいに相手が浩一の名前をだしてきた。

「綾ちゃん、あの波野さんとたまに会ったりしているの？　よしなさいよ、あのひとは」

「……なぜ……」綾子は用心深くママの口もとを見つめた。

「彼は学生の頃から、かなり遊んでいたらしいわ。綾ちゃんは酔っておぼえてないかもしれないけど、彼は何回か、あなたの姿をここで見かけてるの。で、私に言ったのよ、ああいう酔い方をする女なら、ぼくはひと月とかからずにオトしてみせる、モノにできる自信があるって。まあ、彼にしてみれば、ちょっとした、いたずら心からでしょうけれど。相手の女の身になってみればねえ、残酷ないたずらよ」

全身から血の気が引いていた。

数日後、出張からもどった浩一は、みやげと称してシルクのスカーフをくれた。

「綾子さんの顔を見てほっとした。ぼくにはやっぱり必要なひとなんだ、今回の出張でそれを痛感した。本当に会いたくてたまらなかったよ」

それから四ヵ月がすぎ、綾子が解約した預金は、今夜の「仲寿し」の支払いで、すべてゼロになろうとしていた。


時刻は七時半をまわり、カウンター席はすべてふさがってしまった。恰幅のいいビジネスマンの四人連れ、和服姿のホステスらしき女性を同伴している白髪の男性、店主との会話の内容から観光旅行にきたらしい初老の上品な紳士といった顔ぶれである。

満席の注文を次々とさばいてゆく店主の動きは、いちだんと冴えを見せ、それまで奥の厨房で働いていた青年もカウンターにでてきて、小鉢の盛りつけなどをまかされていた。生ガキと刺身を食べ終え、綾子たちも握りをいくつか頼む。日本酒の徳利も三本目になっていた。

四人連れのビジネスマンの話し声は大きく、店内にひびきわたるほどだったが、むしろ綾子はそのにぎやかさを利用しようと考えた。それとなく別れを切りだすチャンスだった。が、徳利を綾子のちょこに傾けていた浩一がひと呼吸早く、あらたまった口調で言っていた。

「じつはねえ、綾子さん……」

「なあに」

「ぼく、急に転勤になっちゃったんだ」

「転勤?」

「うん。東京の本社にもどれって。三年はこっちにいるはずだったのに、人事の都合で一年早められてしまった」

「いつ発つの?」

「一週間後。うちの会社の転勤はいつもバタバタ決まってしまって、まったく、まいるよ」

皮肉な話だった。別れを告げるつもりが、転勤の報告を受けるはめになるとは。しかし綾子は心のどこかで安堵してもいた。

このほうが妥当で、おだやかな別れになる。余計なやりとりをかわさずに。すんなりとさようならを言える。

「……そう、転勤なの……仕方のないことよね……」

さしだされたウニの握りをつまみ、ゆっくりと口に持ってゆく。

その瞬間、綾子はひらめいた。

転勤は、もしかすると、すでに半年前に予定されていたのではないのか。だから浩一は綾子を「オトす」という「いたずら」にふみきってみた。半年間だけの遊び相手、そう最初から計算し、さらに、たとえ綾子がしつこく彼を追いまわそうとしても、そう簡単には会えない地理的な距離も、その計算のなかに入っていたのではなかったか。

こう考えると、何もかもきれいに整理がついた。

「オトす」だいご味を楽しむだけなら、半年もつきあう必要はなかった。数回つきあって、綾子が本気に夢中になりだしたところで、振りすててしまえばいい。

だが、半年先の決着が見えているし、多分、浩一にしてみれば、綾子がデート費用をすべて引き受けてくれる気前のよさも、そうむげに手放すのはもったいない気がしたのではないのか。

「つらいよ、ぼくも」

浩一は沈んだ声でつぶやく。

「綾子さんとは、もっとじっくり知りあいたかったのに」

浩一の目の前には、穴子（あなご）と赤貝の握りが置かれていた。しかし彼は手をのばそうとはせず、手酌（てじゃく）で日本酒を飲みついでゆく。

その様子を綾子は冷ややかに見つめていた。

浩一の最後の演技とサービス精神を、とっくりと見物させてもらおう、感情はそれだけだった。

「半年間、本当に綾子さんにはよくしてもらった。感謝してるよ。ぼくはずっと甘えっぱなしだった」

綾子は浩一の言葉の途中から視線を正面の店主の動きへ移した。

浩一はうつむきがちに話しつづけた。

「自分がこんなふうな気持になるとは思ってもみなかった。ぼくはいいかげんな人間でね、綾子さんにも言えないような悪さを、いっぱいしてきた。いまになって自己嫌悪にとらわれている。ぼくを変えてくれたのは、綾子さんなんだ」

包丁を握る店主の目は真剣そのものだった。全身から気迫のようなものがみなぎっている。

「むこうへいって落ち着いたら連絡するよ。しょっちゅうとはいかないけれど、会えない距離じゃないものね。それと、これはおせっかいだけど、綾子さんはもっと自分に自信を持っていいと思う」

綾子の片方の耳に、浩一のおしまいの言葉が、ひときわ、やさしく流れこんできた。

「取り柄のない女だ、と綾子さんは自分を卑下するけど、さっき言ったように、ぼくみたいないいかげんな人間じゃないのは確かだもの。でも、うれしいよ。綾子さんは、はじめて会ったときより、この半年間でずうっと明るくなった。このままでいてほしいな。でないと、ぼく、心配でたまらないよ」

あくまでも、やさしさに満ちた口調だった。

綾子は解約した預金の額を思い出す。二百万円はこえていた。そして、その金額でえたのが、いま浩一の言った明るさだったのかもしれない。いつわりとわかりつつも、たえまなく吹きこまれた彼のお世辞や称賛のかずかずが、その明るさをもたらしてくれた。

「綾子さんはすてきなひとなんだよ。とても誠実だし、やさしいし、おかしなふうに我を張らないし。だから、うんと自信を持っていいんだ。ぼくはそう思う」

見事なくらいの励ましをふくんだ、やさしい言葉だった。

つかのまの沈黙をはさみ、浩一はそこが鮨屋のカウンターであるのを失念したように、低く、けれど強く言いきった。

「ぼく、綾子さんが好きなんだ」

完璧なしめくくりだ、綾子はその演技力に拍手を送りたい思いだった。

ついに最後の最後まで浩一は綾子をだまし抜こうとした。そして、やりとげた。

冷ややかな心でそう突き放して眺めながらも、そして、いま浩一が口にした台詞を嘘と知りながらも、この先、何回となくよみがえらせ、ささやかな支えにしてゆくに違いない自分が見えた。

「ありがとう」

正面をむいたまま綾子は抑揚なく言った。

「きょうまで浩一さんは、やさしい言葉ばかり言ってくれたわ。やさしい言葉だけを」

予想どおり、転勤してひと月がすぎても浩一からの音さたはなかった。

未練からではなく、もう一点の疑いの真偽を確かめるため、綾子は浩一がいた札幌支社に電話をかけてみた。

「その者でしたなら」

と、電話にでた相手は答えた。

「ひと月ほど前に会社を辞めました」


一年がすぎた。

浩一と別れた日と同じ木枯しのなかを、ひとり暮らしのマンションの部屋に帰ってくると手紙がとどいていた。ありふれた白い封筒だった。

差し出し人は浩一で、住所は新潟になっている。

手紙の内容は、連絡が遅れたことへの謝まりからはじまり、突然の退職は家業をついでいた兄が病気で倒れてしまったためだったこと、綾子にくわしい説明ができなかったのは、家業の跡(あと)つぎをめぐって問題が入り組んでいて、あの時点では浩一にもどうなるか判断がつかず、また因習(いんしゅう)やしがらみにうるさい一族もうしろにひかえていて、六つ上の綾子の立場を考えると、安易な口約束はできなかったといった事情が、ざっと書かれてあった。

「しかし、一応の見通しはつきました。近々、こちらに遊びにきませんか。週末を利用してでも。

そのとき、あらためて、いろいろとお話したいと思っています。

もう、いいかげんなぼくではありません。

信じてください」

浩一が「仲寿し」で、ひとり言のようにしゃべりつづけていたそのひとつ、ひとつが、あざやかに思い返されてきた。

この一年間、胸のなかで、くり返してきたやさしい言葉。嘘と決めつけながらも、やはり、それにすがっていた自分。

しかし綾子を「オトす」ことに成功した浩一のその気持は、いつ、どんなきっかけで変化していったのだろうか。

綾子には、まったく心当りがなかった。

あるいは浩一は、平凡なOLの綾子がデートのたびに負担する、少なくはない金額、半年もつづいたそのことに、彼なりの何かを感じ取っていたのかもしれない。

手紙を握りしめたまま、ぼんやりと部屋のまんなかに立ちつくす。

窓のそとは木枯しが吹き荒れていた。

けれど長いあいだかかえていた綾子の心のなかのそれは、いつのまにか消えはてていた。

静かな、ぬくもりの広がる予感がした。

グレーの選択

あなたとお別れしてから、ひと月がすぎようとしています。

この手紙をあなたの勤務先にお送りするのは、あなたの奥さまの目にふれることを怖れて、このようにしました。

いま私はロスアンジェルスにいます。

あなたにさようならを言った翌日に札幌を発ち、その日のうちに成田空港をはなれたのです。

「夫」とは一緒ではありません。

私はあなたに嘘をついていました。それもほぼ三ヵ月にわたって。

私があなたに三ヵ月のあいだ話してきた「縁談」も「相手は妻を亡くした五十代の男性」も「内輪だけの挙式」も、すべてでたらめだったのです。

それは、ひとえにあなたを傷つけたくなく（結果は同じことになりますが）、少しずつあなたにあきらめてもらい、心の準備をし、そして、しぜんと私との別れを受け入れるようになってもらいたかったからでした。

このように申しあげると、多分、あなたはおっしゃるでしょう。

「よくも平気で三ヵ月間もぼくをだませた」

平気ではありませんでした。

三ヵ月間、私は何回となくあなたに白状しそうになりました。すべてが私の創作なのだ、と。

そのたびに自問自答をくり返したものです。

あなたを本当に愛しているのなら、どの方法を取るのがいちばんなのだろう。

できるなら、私は別れたくありませんでした。

でも、私は三十四歳です。二十歳の女性のように自分の気持に忠実につっ走るには、さまざまな人間模様や人生の断片をかいま見てきました。

あなたは私と同じ年ですけれど、あなたは私よりもっとそのへんのところは、おわかりだと思います。

人生は白と黒にきっぱりと区分けはできない、グレーの濃淡のようなものだ、と。

このことを頭で理解していても、しかし皮肉ですね。私たちは、こと自分たちの関係においては、いつのまにか白か黒かの選択を自分自身に迫っていたのですから。

ひとは恋愛をすると実際の年齢を忘れ、たちまち中学生か高校生にまいもどってしまうのでしょうか……。

ここロスアンジェルスでは、友人宅に居候しています。学生時代の女友だちがアメリカの男性と結婚し、前々から遊びにくるように誘われていたので、今回思いきって甘えさせてもらいました。

あさってはニューヨークに発ちます。やはり知人がいて、ルームメートがアパートの部屋からでていったため、ひと部屋空いているからこないか、という手紙が数日前にとどいたのです。

ニューヨークにもひと月ほど滞在するつもりですが、まだはっきりとは決めてません。

そして帰国後、私は札幌ではなく他の街に住むことになるでしょう。新しい就職先のめどもおおよそついていますし、それもこれも札幌を発つ前にあわただしいながらに準備しておいたのです。

アメリカにきても、あなたと別れた、すさまじいばかりのつらさは、いっこうに薄れません。

心臓にほんの小さな穴が生じ、そこから絶えまなく細い細い血が流れでているような感じです。

私のほうから別れを決めたはずなのに、なんともだらしのない状態で、自分でもあきれはてています。

あなたは、いくらか立ち直って下さいましたか。それが気がかりでなりません。かかわっていた二年間、私たちはたくさんのおしゃべりをしました。ふたりともそれほど多弁な人間ではなかったはずなのに、一緒にいるときの私たちは、なんとおしゃべりだったのでしょう。

それでもまだ話したりなかったような気がしてなりません。この手紙はその不足をおぎないたい気持から書きはじめました。同時にあなたへの想いを整理し、少しでもあなたを忘れるための手段として。

二年前の夏の高校の同期会で、卒業以来はじめてあなたにお会いしたときのなつかしさとうれしさは、いまでも鮮明におぼえています。

三十歳をすぎ、同期生のなかには、いちじるしく体型の変わったひとびとも多く、高校時代の面影など、どこにも見当らないひともいて、私はとまどいつづけていたものです。ところがあなたは十数年前とちっとも変わりなく、私をびっくりさせました。多少の変化は骨格がややたくましくなられたことでしたが、それにしても、いかついとまではいきません。

Kホテルのパーティー会場であなたの姿に気づいた私は胸が高鳴りました。あなたの麻のグレーのブレザーを遠くから眺めながら、私は近づいてゆく勇気もなく、ウイスキーの薄い水割りのグラスを手に、その場にたたずんでいたのです。目でしつこくあなたの姿を追いながら。

それは、まるで高校生の頃を再現したような状態でした。

私は高校の三年間、いえ、大学生になってからも、ずっとあなたを想っていました。初恋と呼ぶには深すぎて強すぎる想いであり、恋愛感情というには、あまりにも性的な部分が欠落していたと思います。

そして淡い恋心からスタートしたそれは、二年もたつと、いつのまにか揺るぎのない愛に育っていったのも事実です。

高校に入学した日、同じクラスの私の隣の席だったのがあなたでした。落ち着いた物腰と口調、相手を見るときの、なんともいいようのないやさしいまなざしに私はどぎまぎさせられたのを記憶しています。

あなたのそのまなざしは、だれに対しても同じでした。いつくしむように見るのです。自分と同年齢のあなたが、そんなにも他人にむけてやさしい視線でいられることが、私には不思議でたまらなかったのをおぼえています。

日がたつにつれ、あなたの数学の成績が抜群なのが、だれの目にもあきらかになってきました。ある日、私があなたに数学の宿題のことでたずねたのが、口をきくきっかけになり、それから私たちは親しいクラスメートになったのです。

あなたに数学を教えてもらうお返しに、私は次々と本を貸しました。現代国語は苦手というあなたに「参考書と思って」と、外国文学全集のなかでも読みやすく、おもしろそうな本を選んで週に二、三冊ずつ手わたしたのでした。

しばらくすると、下校時にあなたが玄関のすみでそれとなく私を待っていてくれるようになった。言葉で約束したのでもなく、私が待つ場合もあり、バス停までただ黙々と肩を並べて歩くだけの時間……。

二年生になりクラス替えになるまで、私たちのこうした、つかみどころのない交際はつづきました。噂にならないぐらい、私たちの交流はひっそりと、またある意味では巧みだった。でも、つきあっている、という感覚は私にはありませんでした。というより私は自分に自信がなく、同期生のなかでもトップクラスにいて、女生徒にも人気のあったあなたが、私をまともに相手にしてくれているとは思ってもみなかったのです。

案の定、二年生になってほどなく、「スピーカー」というニックネームのおしゃべりな男生徒が、あなたが同じクラスのある女生徒に関心を持っていると、いろんな所でふれまわりました。やっぱり、と私は納得と落胆を同時に味わったのです。でも、その頃の私はすでに心のなかにあなただけを棲まわせ、他のひとが入りこむすきのない状態におちいっていました。校庭で、廊下で、あなたの姿を遠くから見つめて、ひっそりと満足している、そんな高校生の私だったのです。

二年前の同期会であなたに再会し、私は当時のことを、あざやかによみがえらせました。ぼんやりとつっ立っている私に気づき、あなたはまっすぐ近づいてきたのです。あの、いつくしむような、やさしいまなざし、そこに、ほんの少しまぶしいものを見るような色をこめて。

「きみに会えると期待してきた」と、あなたは言ってくれました。

「よく本を貸してもらったね」とも。

あなたが東京の大学に進み、そのまま東京の大手企業に就職したことは知ってましたが、この春から札幌支社に転勤してきたとは、そのときはじめて知ったのです。二年前に結婚し、子供はいないといったことも。

同期会を境にして、私たちは月に一、二回会うようになりました。

ふたりともよこしまな気持はまるでなかったはずです。あなたには奥さまがいらしたし、私にも恋人に近い男性がいました。

旧交をなつかしむ、この言葉がそっくり当てはまる、うしろめたさのないおつきあいです。

会うたびに、私たちは高校をでてからのこれまでのそれぞれの出来事を語りあいました。十数年の空白をそうやって埋めていったのです。

三十二歳の私は、もはや純真無垢な十五歳の高校生ではありません。私は打ち明けずにはいられなかったのです。あなたを好きだったことを、思い出をこめて。

「ありがとう。うれしいよ」

そうあなたは素直に反応し、当時の自分はだれとも深くつきあうことをみずから禁じていたのだ、と言いました。

その日あなたはようやくその理由を話してくれたのです。

あなたが十三歳のとき、七つ上のお兄さんが自殺なさったこと、だからあなたも二十歳になるのを怖れつづけていた。自分も兄のようになるのではないか、と。

お兄さんの自殺はその前兆らしきものが何もなかったことが、余計あなたをおびえさせていました。

高校生のあなたはお兄さんの死を胸に秘め、同時に交友関係を極端にせばめるよう意図的にそうしていたのです。

お兄さんの死について語ってから、次にあなたはもっと淡々とした口調で言いました。

「二十歳をすぎたとき、ほっとしたよ。これで兄貴のようにならずにすんだ。しかし、ひどいよな、おれが二十三になった年にこんどはおやじが自殺したんだから。六十歳でね。きっとおやじは兄貴の自殺のショックを十年間たえているのが精一杯だったのだろうな」

いまは六十になるのが怖ろしい、とあなたはうつろに笑いながら言いました。

職場結婚された奥さまには、このふたりの死は病死ということにしている、また、自分は子供を持てない体だ、とも打ち明け、それを承知で結婚した、と私に話してくれたあなたは、とてもつらそうでした。

「結婚前にパイプ・カットをした新郎なんて、信じられないだろう？ しかし、女のひとはやっぱり子供がほしいらしいな。うちの家内も最近になって養子を望みだしてね。いまさら真相を話すわけにもいかず、まいってるよ」

私たちの関係が友だち以上に進展しはじめたのは、この会話のあとからではなかったでしょうか。

あなたは自分の心の秘密をさらけだせる相手をようやく見つけ、私は、といえば、あなたの哀しさや苦しみ、癒しようのない孤独感が気の毒でならなかったのです。

自分の気持を洗いざらいしゃべったあなたは、これがくせになった、と苦笑しながら、ひんぱんに私の部屋に電話をかけてくるようになりました。

あなたの話を聞き、けっして非難したり、やりこめたりせず、ひたすら慰めと励まし役に徹するのが私のつとめだったのです。

苦痛ではありませんでした。

むしろ、かつて深く想っていたあなたが、十数年たって、ようやく私を必要としてくれているのが、このうえない喜びだったのです。そして、あなたが私と会話したあとの、あのつかのま解放されたような晴れやかな表情になるのを目のあたりにする瞬間、私もまたかぎりない充実感にひたりました。

おしゃべりするだけの間柄が半年つづき、真冬のあの晩、あなたがタクシーで私をマンションまで送ってきてくれ、部屋に立ち寄ったのがまちがいだったのかもしれません。

いえ、そうではなく、私たちはどちらも、いずれそうなることがわかっていたはずです。

私たちはあまりにもたくさん話しすぎ、言葉での愛撫(あいぶ)はもう十分になされ、あとは体での確認をしなくてはならないほどに、その関係は熟しきっていたと思います。

どちらが誘ったか、正直なところ、私はいまだに思い出せません。そのぐらい、なめらかに私たちはベッドのなかに入っていたのです。

おぼえていますでしょうか。

はじめて抱きあったあと、私たちはたがいに呆然(ぼうぜん)としましたね。あまりの完璧な一体感、それがもたらした快楽のはてしない深さ。

そのときだけではありませんでした。

私たちのセックスは、いつも激しいめまいのように私たちをおそい、忘我(ぼうが)の状態を長びかせました。

おそらく私たちをあれほどまで燃え立たせたのは「死の恐怖」だったに違いありません。あなたは自分の死への衝動を怖れ、私は死にのみこまれてゆくかもしれないあなたを怖れました。死にたくはないあなたと、あなたを死なせたくない私と、その思いの一致が、あれほどまでの快楽を引きだしてきたのでしょう。

そして体がもたらす快楽はいっそうあなたを解放させ、ベッドをともにしたあと、裸のままであなたはさらに打ちとけて、私を相手にしゃべりつづけたものでした。

同期会から一年半がすぎた頃、あなたは思いつめた顔つきで、奥さまとの別居を考えている、と私に告げました。当時、私たちは週に二回、ときには三回会うようになっていたものです。

「時間がないんだ。札幌支社にいるのはだいたい三年と決まっている。転勤になる前にきみとの関係を少しでも固めておきたいんだ。それに、いつおれが兄貴やおやじのようにならないともかぎらない。きみと一緒にいられる時間がいつまでなのか、それを考えると焦ってくる」

うれしい言葉でした。

そこまで私を愛してくれている証拠ですから。

でも私はあなたのその気持をそそのかすようなことはするまい、とひそかに決めました。

奥さまの立場を想像してしまったのです。

あなたのお兄さんやお父さんの死の真相も知らされず、子が持てないと承知の上で結婚した奥さまは、それだけあなたを愛しているのでしょう。なのに、ここにきて別居を一方的につきつけるのは、ひどすぎるように思いました。

「焦らないで。いそがないで」

私に言えるのはこれだけだったのです。

それに、あなたは自分がお兄さんやお父さんのようになるかもしれないとおびえていましたが、この一年半かかわってきて、私は大丈夫だという気がしていました。

あなたの言動にはエキセントリックなところはひとつもなく、ごく正常な神経の持ち主としか見えません。

自分のうちにひそんでいるかもしれない狂気に日々おののいているあなたとくらべ、自分はまともと信じこんでいるひとのなかに、その正常さを疑いたくなるような人物が、私のまわりにも結構いたからです。

「きみを失いたくない」

あなたはそうも言ってくれました。

「この先どうなるかわからないおれを、すべて知ったうえで受けとめてくれる相手はきみしかいないだろう」

奥さまか私か、あなたは口で言っているよりももっと深刻にひとりで悩んでいました。といっても、それはあとになって判明したことで、その頃の私はあなたの深刻さの程度を推し測れなかったのです。

別居の件はどうなったのか、あなたはついに教えてくれませんでした。

でもこれは私の勝手な臆測ですけれど、あなたは奥さまに切りだせなかったのではないでしょうか。

冷静に考えたとき、あなたは自分がしようとしていることが、どれだけ奥さまにとって残酷か、痛感したはずです。子供がうめなくても、あなたとの結婚を望んだ奥さまの、そのひたむきな想いも思い出されたに違いありません。

そんなあなたを、妻と愛人を上手に操作している「ずるい男」と一言のもとに決めつけるひともいるでしょう。

でも私は自分の身近にいるひとを、いとも簡単に容赦なく切り捨てられるひとのほうが信用できません。

あなたが悩んでいた頃、私はいつもこう言ってました。

「私はこのままでいいの、このままの関係で」

物分りのよいこの言葉の裏側には、じつはさまざまな感情がかくされていたのです。

私もまたあなたを独占したい欲望に苦しめられ、しかし、それを言ったなら、さらにあなたの気持を追いつめてしまいます。奥さまへの申しわけない思いと同時に、恨まれたくないという都合のよい逃げの姿勢。もっと本心をいうなら、この言葉こそ、あなたを自分のもとに引きとめておく最上の手段だ、という計算も働いていたのです。

その反対に「私のこと、どうするつもり？」と迫ったなら、相手は興醒めして、どうにかしてはなれてゆこうとするでしょう。

あなたのことを言っているのではありません。大部分の男性の心理はそうだろうと想像するからです。三十代も前半の私にはそのへんの機微は少しはわかっているつもりでした。あなたがはじめての恋愛の相手でもありませんでしたし、それなりに、にがい経験もへてきたのですから。

でも、あの当時、私は本心をむきだしにして、「奥さまか私のどちらを選ぶの？」と、あなたにしつこくつめ寄り、とことん食いさがり、うんざりさせ、あなたの私への愛情がさめるようにもってゆくべきだった、そういまになって悔いてます。それからあとのあなたの変化が予知できていたのなら、むりにでもそのようにすべきでした。

あなたが殺気立った普通ではない目つきをするようになったのは、別居うんぬんを口にしてから二ヵ月後だったと記憶します。

きっとあなたは意識していなかったでしょう。

私は何回となくその目に出会い、一瞬、背すじにうそ寒さをおぼえたものです。

その目には怒りと憎悪と何かにむけて燃えさかってゆこうとする冷たい炎が、ほとばしっていました。

最初、私はその目は自分にそそがれているのか、とたじろぎましたが、やがて、そうではないことは、あなたのいつもどおりのやさしい口調から納得したのです。

では奥さまに対してなのかもしれないとも考え、あなたの言動を注意深く観察しました。

けれど言葉の端々からは、まるでそういった感情はくみ取れないのです。

そのうちあなたは自分を罵倒する、口汚ない台詞を言いちらすようになり、そして、私はようやく気づきました。

あなたの普通ではない目つきは、あなた自身にむけられているものなのだ、と。

あなたは、奥さまと私のあいだに立ち、いくら苦しみ悩んでも、どちらか一方を選ぶことのできない自分を激しく憎んでいたのです。

その反面では、奥さまと私への自責の念にさいなまれ、それはまたいっそう自分を憎む方向へあなたを追いやるという悪循環でした。

「こんな男なんていないほうがましなんだ」

「だらしない人間だな、おれは」

「こういうおれの優柔不断さを、きみはしっかりおぼえておいてくれ。こういう男だということを」

高校一年のときに、私をどぎまぎさせた、相手をいつくしみ、つつみこむようなまなざしは、もはやありませんでした。

自分を徹底して憎悪し、自分の言葉で自分の心を切り刻んでゆこうとしているあなたがそこにいるのです。

私がいくら慰めても、あなたは耳を貸しません。自分を否定する世界にどんどん入りこみ、そこからあなたを引きもどそうとする私の手を、かろうじて弱々しく握り返してくるだけなのです。

あなたと会わない夜、私は泣きました。

このままでは、あなたもお兄さんやお父さんと同じ結末を迎えるのではないかという切迫した不安と怖れ。

おたがいに愛しあっているのに、どうしようもない状態におちいり、私は自分の力ではあなたを救いあげられないという現実のむごさ。

そして、ここまできびしく自分と対峙し、狂気すらまねきかねない、あなたの誠実さに、私はあらためて強い愛情を持ちました。

涙を流す夜を何回となく重ねてゆくうちに、私がしなくてはならないたったひとつのことに気づきました。

あなたから、あの目を失くすことです。

みずから死になだれこんでゆくかもしれないあなたをとめることです。

自分の力だけであなたを救えない私は、架空の人物を創りあげました。

それが「五十代の妻を亡くした男性との縁談」だったのです。

「……じつはこういうお話を持ちかけられて」

遠慮がちにこう私が切りだしたとき、あなたはおびえた少年の目になりました。

「待ってくれ。その縁談はどこまで話が進んでいるんだ？　煮えきらないおれが言えることではないが……」

「お願い、最後まで聞いて」

私はおだやかさを心がけました。

目的はあなたを刺激し、奥さまか私かを選択させるのではなく、あなたが家庭に帰ってくれることだったからです。

あなたは奥さまをけっして嫌ってはいません。たまたま私とこうなってしまったために苦悩しているだけで、私がいなくなれば、奥さまと元どおりの生活を円満に送れるはずなのです。いくらかぎくしゃくした夫婦関係も、月日とともに修復できるでしょう。

私の縁談にあなたは二ヵ月近く動揺しました。

「おれに言える資格はないが……」

うつむきながらそう前置きして、それとなく私に思いとどまってくれるよう言葉少なに頼みこんでくるあなたを前にして、私は目頭（めがしら）が熱くなったものです。すべて嘘なの、何回となく叫びたくなりました。

「その縁談のこと、おれにもしばらく考えさせてくれないか」

私たちは数回それについて話しあいました。つねにおだやかに、たがいをいたわる気持を忘れずに。

縁談を検討しあうことは、ひいては私たちのこの二年間の関係を冷静に、反芻することでもありました。

話しあいをするほどに、あなたの目から殺気が消え、やがて、あの普通ではない目つきは見事に消えていったのです。

それが目的だったはずなのに、あなた本来の落ち着いたまなざししか見られなくなった私は、哀しく淋しい思いにとらわれました。

「おれはきみを縛ることはできない」

あなたがつらそうにつぶやいたその瞬間に、私たちの別れは決定的になったのです。

私は胸のなかで涙をこぼしました。

そして、ほほえみを浮かべながら、必死な願いをこめて言わずにはいられなかった。

「挙式まではこのままつきあっていて。もちろん性的な関係はなしで。ごめんなさい、わがまま言って」

「きみの夫になるひとに悪いよ、それは」

「だから、うしろめたいことは、いっさいなしにして。ね、いいでしょう?」

いつくしみのまなざしで、あなたはしばらくじっと私を見つめ、数秒後には黙ってうなずいてくれました。

挙式までのひと月のあいだ、私はあなたに問われるままに夫になる男性について断片的に語り、その裏ではあわただしく身辺整理をし、アメリカに発つ手配をし、帰国後の身の振り方を何人ものひとに相談していたのです。睡眠時間をけずってでも、そんなふうに忙しく動きまわっていたのは、ひとえに、あなたと別れる哀しさとやり切れなさをまぎらわせるためでした。

それをあなたは誤解して言いました。

「結婚するとなると、やはり張り切るものなんだな。きみのそういう一面、おれは気づかなかった」

「私だって女ですもの、こう見えてもね」

軽口をたたきながら、私はいそいであなたに背をむけました。抑えていたものが音を立てて破れ、突然に泣きそうになったのです。

千歳空港を発つとき、見送りはだれもいませんでした。

搭乗まぎわになり、私はたまらなくなってあなたの勤務先に電話をしたのです。ただ、あなたの声が聞きたくて。

「幸せになってくれ。二年間ありがとう。感謝している」

トイレに駈けこみ、私は声を押しころして泣きました。

この手紙で「縁談」が嘘だったと告白しましたが、もうひとつ、私は大きな嘘をついたようです。

あなたが殺気立った普通ではない目をするようになった頃、私はあくどい考えに取りつかれたことを白状します。

私はあなたを自分だけのものにしたかった。所有欲は相当に高まっていたのです。

このままあなたをほうっておくと、あなたのお父さんやお兄さんのようになる、これは確信していました。

あなたがそうなるのも悪くはない、と考えたのです。

私はあなたをいたわるふうを装いながら、実際は言葉巧みに自殺をそそのかしてゆく。

ただし、その場所は私の部屋であり、第一発見者が私であり、自殺の手段も回復可能なものでなくてはなりません。

自殺未遂をしたあなたのことは、会社にも奥さまにもすぐに伝わり、同時に私の存在もあかるみにでてしまいます。

再起したとしても、会社は要注意人物として、あなたを冷遇しだすはずです。

奥さまは離婚を言いだすかもしれません。

会社にも居づらくなり、奥さまからも見はなされたあなたは、私のところへくるしかないでしょう。

そして私は多少の神経障害を起こしているかもしれないあなたをまるごと受けとめ、あなたをようやくひとり占めした喜びをしんそこからかみしめる……。

現実には、私はこれとは正反対の行動を取ってしまいました。

理由はあなたを愛していたからです。

人生の敗残者にはどうしてもさせられなかったためです。

数学のよくできる、学年でもトップクラスにいた高校生のあなたの姿をくり返し思い浮かべました。二十歳になるのを怖れて、友だちを作ることさえ自分に禁じていた十代のあなたです。

そして現在は六十歳という二十六年も先の自分を怖れているあなたがいます。

あなたはけっして口にしなかったけれど、殺気立った目になっていた頃、自分のうちの狂気を自覚していたのではないでしょうか。頭のよいあなたが、それをわからないはずがありません。

そのため、あなたは以前よりももっとお父さんの死を意識し、自分の神経のあやうさに自信を失っているのではないでしょうか。

それを想像すると私は胸が痛みます。だれにも語れない、あなたの暗闇を知っているのはこの私だけだからです。

皮肉な話だと思います。

あなたが胸のうちを洗いざらいしゃべれるのは私だけだったのに、私たちの恋愛は、あなたの内側にひそんでいた狂気を引きずりだす結果になったのですから。

約束はできませんが、もし私が五十代になり、健康でいたなら、どんなかたちであろうとも、あなたのそばにもどりたいと漠然と考えています。

そのときは恋愛感情は失くなっているかもしれません。でも、お友だちでいることはできるでしょう？　友だちとしてでも、いろんな話ができる関係になっていたい。

六十歳になったあなたの、たったひとりで死を選んでゆくような、みじめな訃報は聞きたくないからです。

ぜったいに、あなたひとりで死なせたくない、ぜったいに。

そのとき私にふたたび、たくさんのことを心おきなく打ち明けてくれますか。だれにも語れないすべてを。

私たちの関係は一時的に中断しているだけ。この考えは私を慰めます。夢物語だとあなたは笑うでしょうか。

笑うのでしたなら、高校一年から七年にわたって、あなたを愛しつづけていた昔の私も一緒に笑って下さい。

わき目もせずに、あなただけを想っていた十五歳から二十二歳までの私を。

この作品は一九九四年十月講談社より刊行され、
一九九七年十月講談社文庫に収録されたものです。

せつない時間

藤堂志津子

平成18年12月10日　初版発行

発行者——見城徹

発行所——株式会社幻冬舎

〒151-0051東京都渋谷区千駄ヶ谷4-9-7

電話　03(5411)6222(営業)

03(5411)6211(編集)

振替00120-8-767643

印刷・製本—中央精版印刷株式会社

装丁者——高橋雅之

幻冬舎文庫

ISBN4-344-40876-4　C0193　と-1-13